AF400518

Petites & grandes histoires de Franche-Comté

Nouvelles

Isabelle Lorédan

FSC
www.fsc.org
MIXTE
Papier issu
de sources
responsables
Paper from
responsible sources
FSC® C105338

Petites & grandes histoires de Franche-Comté

Nouvelles

Isabelle Lorédan

La constance du bourreau

C'était un bonhomme pas très re-commandable. Non qu'il ait mené une vie dissolue, mais parce que cet homme au physique sauvage était irascible et méchant.

Il était né au cœur du plateau des Mille Étangs, sur cette terre sauvage envahie d'eaux sombres et de bruyères, où les histoires de sorcières se racontaient le soir à la veillée. Au Brigandoux, c'est là qu'il était né. Longtemps, il s'était demandé si cela ne présageait pas d'un futur chaotique... De Brigandoux à brigand, avouez qu'il n'y a qu'un pas à faire ! Constant, ainsi s'appelait cet homme, était un homme des bois assez peu sociable. Mais on a beau ne pas aimer

le monde, lorsque l'on a femme et enfants à nourrir, il faut bien trouver une
solution.

C'est ainsi que la famille quitta le
plateau pour s'installer à Ronchamp,
où Constant alla se faire embaucher à
la houillère. En cette fin de XIXe
siècle, la révolution industrielle fit la
richesse de cette bourgade haut-saô-
noise et l'emploi n'y manquait pas,
tant au tissage local qu'à la mine. On
pourrait croire qu'une meilleure situa-
tion et le fait de côtoyer plus de
monde auraient rendu l'homme plus
avenant, mais que nenni...

On ne se refait pas, surtout lorsque
l'on a plus intérêt à ne pas changer
qu'à le faire ! Il agissait chez lui en
véritable tyran domestique. Certes,
l'époque n'était alors pas favorable
aux droits des femmes et des enfants,
les hommes s'enivrant assez outra-
geusement. Mais Constant n'avait
même pas cette excuse, car il n'était
pas connu comme étant un boit sans

soif. Non, son moteur, ce qui le faisait vibrer, c'était d'être méchant et tyrannique avec SON monde, car ainsi considérait-il sa famille. Rien ne le ravissait plus que de dire des méchancetés gratuitement ou de distribuer des taloches pour se défouler. Joséphine sa femme, soumise et résignée comme l'étaient les femmes de cette époque, en faisait les frais, mais pas seulement. Il n'épargnait pas les enfants qui le maudissaient régulièrement, après chaque humiliation. Jules, l'aîné, rêvait secrètement du jour où il serait enfin capable de l'affronter, en homme, histoire de lui apprendre la correction, tout en soupirant car dans l'immédiat c'était lui, ses sœurs et sa mère qui les recevaient, les corrections ! Pourquoi ? Après tout n'était-il pas un bon fils, soucieux de ses frères et sœurs et de sa mère ? N'était-il pas un bon élève ? Il tenait à réussir à l'école, à avoir son certificat d'études. Ce serait grâce à cela qu'il sortirait de ce quartier miséreux que l'on nommait alors « la cour des miracles [1]» et qui lui faisait honte.

L'enfer démarrait dès le saut du lit. Sitôt debout, Constant voulait que son café lui soit servi, et le plus vite possible. Joséphine le savait, aussi prenait-elle bien soin qu'il soit prêt sur le coin du fourneau dès l'aube, ne voulant pas lui donner l'occasion de râler dès le réveil. Il le buvait à petites gorgées, tout en mordant dans de larges tranches de pain. Joséphine, debout, le regardait en se tenant prête à débarrasser avant qu'il n'ait le temps de réclamer. Lorsque le cérémonial matinal était terminé et juste avant de partir travailler, devinez un peu ce que pouvait bien faire l'animal ? Je vous le donne en cent comme en mille. Il prélevait une large pincée de gros sel dans le pot en grès et la jetait dans la cafetière fumante ! « *Tiens donc la*

---

1 Actuellement, quartier situé derrière la mairie.

vieille... C'est bien bon pour toi ! » lançait-il alors, réjoui par cette blague douteuse. Puis il claquait la porte, au plus grand soulagement de tout le monde. Pour les enfants, pas de café au lait bien entendu, il eut été infect. Et bien sûr, il était hors de question de faire un nouveau café... En ces temps lointains, on en faisait du frais le matin, puis on laissait la cafetière sur un coin du fourneau, afin d'en boire chaud à toute heure. Les moyens des ouvriers étaient bien trop modestes pour se permettre plus. C'est ainsi que Joséphine et les enfants devaient se contenter de lait, du moins quand il y en avait.

Et c'était comme cela pour tout ! Combien de fois le vieil homme indigne vociférait-il sur ses proches, les traitant d'incapables, de fainéants ou pire encore, tout particulièrement avec ses filles. *« Qui est-ce qui m'a collé une nichée pareille hein ? C'est* toi la vieille ! Même pas capable de m'avoir fait plus de gars… Des pis-seuses, c'est tout c'que t'as été fichue d'me pondre ! Une nichée de bonnes à rien voilà c'que vous êtes, toutes !» Jules bouillait, serrant les poings ra-geusement. Et lui alors il ne comptait pas ? Et son petit frère, Ernest ? Mais surtout, il avait mal pour ses sœurs ainsi traitées. « Ça t'gênes c'que j'dis l'Jules ? Ben tu n'vaux pas mieux qu'elles. Pis j'en ai marre qu'l'institu-teur m'dise c'que j'dois faire. J'te fou-trais tout ça au boulot ! Est-ce que j'y suis été moi, à l'école hein ? Non, j'ai travaillé moi, à huit ans. C'est juste bon pour les feignasses de ton espèce, et à appauvrir l'pauv'monde ! Tu coûtes plus que tu rapportes, comme vous tous ici tiens!»

C'était reparti ! Les filles tentaient de se faire oublier, faisaient le dos rond, Ernest se cachait tandis que Jo-séphine s'affairait au ménage. Jules quant à lui s'imaginait sautant à la gorge de son géniteur pour le faire taire. Les mots résonnaient dans sa tête. *« Ça se voit qu't'as pas été à l'école. C'est p't'être ça ton problème finalement... Tu as peur qu'on devienne plus malin qu'toi hein, veille carne ! »* Comme il aurait voulu avoir le courage de vider son sac une bonne fois pour toutes, lui river le clou, lui faire ravaler sa haine afin qu'il s'étouffe avec... Il ne savait pas que ce jour tant attendu devait bientôt arriver.

Ce jour-là, Constant était rentré de la mine affichant un mauvais sourire qui n'augurait rien de bon. Qu'avait-il encore pu inventer, ce malfaisant ? Nul n'en savait rien. Une fois son casse-croûte avalé, il était allé traîner derrière la maison comme il en avait l'habitude, jetant un coup de pied rageur à tel caillou qu'il jugeait dérangeant, tout en chiquant. C'est alors que Joséphine vit arriver un gars du village. *Bien l'bonjour m'dame André. L'Constant est-y là ? J'viens pour la lapine* dit-il. La lapine ? Joséphine avait beau chercher, elle ne voyait pas de quoi l'homme parlait. Constant surgit subitement, attiré par les échos de voix. *Ah, te v'là !* dit-il avant d'aboyer pour faire venir les enfants qui rappliquèrent aussitôt, se demandant ce qu'il avait encore trouvé à leur reprocher cette fois. Personne ne comprenait rien à ce qui se passait, ni Joséphine et les enfants, ni le visiteur. *Ben les v'là tous, la lapine et sa portée ! C'est pas du premier choix, mais vu c'que tu m'en donnes, ça f'ra l'affaire.* Satisfait de lui, Constant trouvait qu'il faisait une très bonne opération. *Mais… tu déconnes ou bien ? Non, c'est-y pas Dieu possible, t'es sérieux ? C'est ta femme et tes gosses qu'tu veux m'vendre ? Mais t'es maboule mon pauv'gars ! Saloperie !* L'indignation faisait s'étrangler le visiteur qui n'avait jamais imaginé que l'on puisse lui proposer pareil marché. Joséphine, au comble de l'humiliation, étouffa un sanglot du mieux qu'elle put, tandis que l'acheteur outré repartait en claquant la porte, non sans avoir fichu son poing dans la figure du mari indélicat au préalable.

C'est alors que Jules fit ce dont il rêvait depuis si longtemps. Profitant que son paternel n'était pas encore remis , il se mit à le frapper de toutes ses forces, en le traitant de tous les noms. *Fumier, tu voulais nous vendre hein ! Mais t'as donc pas honte ? T'es pas un homme, un homme ne traite pas ses enfants et sa femme comme tu l'fais. J'vais t'crever...* hurlait-il, le regard fou. Ses yeux bleus avaient viré au marine sombre sous l'effet de la colère. Joséphine l'arrêta avant qu'il ne soit trop tard, sous les yeux incrédules du vieux qui n'en revenait pas de ce qu'avait fait son fils. À compter de ce jour, s'il ne devint pas un ange

– loin s'en faut – Constant se méfia et devint moins infect. Il passa plus de temps dehors, ne rentrant que par pure nécessité. Les enfants grandirent, se marièrent et quittèrent le foyer où ils n'avaient que de mauvais souvenirs.

Jules entra à la filature, une fois obtenu le certificat d'études tant convoité. Il fut un père et mari aimant, soucieux que ses enfants s'instruisent le plus possible et s'adonna à sa passion : la photographie. Quant à Constant, il fut rappelé par Satan à l'aube d'une journée libératrice pour tout le monde : il fut happé par un train, au lieu-dit « Le Château »[2], pas très loin de son domicile. Que fichait-il sur la ligne de chemin de fer à cette heure, nul ne l'a jamais su. De ce jour, on ne parla plus de lui que pour raconter aux enfants à quel point ce

____

2 Situé sur le côteau de la ligne de chemin de fer, au-dessus de l'actuel square Simone Veil.

grand-père indigne avait pu être constant dans sa méchanceté durant toute sa vie.

La légende de Berthe de Joux

Niché au fin fond de la Comté, il est un joyau que nul ne peut contester. Fièrement érigé sur son éperon rocheux, le château de Joux dresse majestueusement ses tours vers le ciel, protégeant de son ombre la vallée, qui, à ses pieds, ouvre un passage vers la Suisse voisine.

Ces murs ancestraux, ô combien chargés d'histoire, furent témoins de nombreux drames et virent naître une légende. Pour la connaître, je vous invite à plonger dans le temps, et à vous retrouver avec moi en pays Séquane, au haut moyen-âge.

À cette époque, la région était administrée par Amaury de Joux, troisième du nom. Ce jeune sire avait pris pour épouse, quelques temps auparavant, une ravissante jeune femme répondant au prénom de Berthe. Dans toute la fraîcheur de ses dix-sept ans, elle resplendissait de beauté et avait conquis sans peine le cœur du preux chevalier.

Mais en ces temps reculés, les choses du cœur pesaient bien peu face au devoir ! En l'an de grâce 1170, croisade fut lancée par l'empereur Barberousse pour libérer la Terre Sainte. Amaury dut partir pour peut-être ne jamais revenir, laissant en sa forteresse sa jeune épouse éplorée. Maints serments furent échangés par le jeune couple amoureux.

— Messire mon corps et mon âme vous appartiennent à jamais ! Dussé-je attendre toute ma vie, nul autre ne viendra jamais prendre en mon cœur la place que vous y occupez.

— Ma mie, ne pleurez pas. Le devoir m'appelle, mais je reviendrai. Ne vous tourmentez point gente dame, dans deux ans tout au plus je vous serrerai dans mes bras. Mon corps guerroiera à l'autre bout de la terre, mais mon cœur restera ici auprès de vous. Séchez donc ces jolis yeux, j'aime trop en mirer l'éclat pour les voir ainsi désolés, répondit-il en lui caressant les cheveux.

Le lendemain, Amaury à sa tête, une colonne d'hommes en armures descendit le mauvais chemin de pierres pour rejoindre la vallée. L'histoire était en marche, personne ne pouvait plus l'arrêter.

Dès lors, la jolie châtelaine compta les jours et les saisons, soupirant d'amour pour son époux lointain. Souvent il la visitait la nuit, dans ses rêves, la laissant au matin, épuisée et torturée par le désir qu'elle avait de lui. Ainsi passa le premier Noël, puis le second. Les printemps revinrent inexorablement, sans que son beau chevalier ne reparût. La jeune femme doucement, s'étiolait, comme une fleur privée d'eau trop longtemps.

Ainsi passèrent quatre longues années. Dame Berthe, qui venait de fêter ses vingt et un printemps, était toujours dans l'attente de plus en plus désespérée, du retour de son époux. Un beau jour se présenta, à la herse du château, un chevalier blessé. Il s'agissait d'un frère d'armes de messire Amaury, Amé de Montfaucon. Il lui fut offert le gîte et le couvert, ainsi que les soins que son état nécessitait.

La belle châtelaine le pressa de questions. Qu'était-il advenu de son époux tant aimé ? Quand reviendrait-il ? C'est alors qu'Amé lui annonça la bien triste nouvelle. Au cours de leur périple Amaury avait été blessé, et il ne faisait aucun doute qu'il n'avait pu survivre. Cette annonce anéantit la jeune femme. Des semaines durant, elle vécut recluse en sa chambre, hurlant sa douleur, pleurant son bel amour à jamais perdu. Puis le temps fît son œuvre, les larmes devinrent plus rares. La raison l'avait emportée sur la peine, il lui fallait continuer à vivre, ne pas s'enterrer avec les morts. Doucement, elle reprit goût à la vie, passant beaucoup de temps avec Amé.

Il faut dire que le jeune Montfaucon était de plaisante compagnie et plutôt bien fait de sa personne. Loin d'être indifférent à la beauté de Berthe, il n'avait pas voulu la brusquer, et attendait en silence, qu'elle fasse place en son cœur pour lui.

Lorsqu'il la sentit prête, il lui déclara sa flamme.

— Ma Dame, lui dit-il, vous êtes trop jeune pour porter le deuil indéfiniment. En souvenir de votre époux, vous devez vivre ! Croyez-moi, il n'aimerait pas vous voir vous torturer ainsi. Il m'avait demandé de veiller sur vous dans le cas où il périrait. Je vous offre aujourd'hui mon cœur, ma vie et mon âme. Je brûle pour vous d'un amour trop longtemps contenu et trépasserai à coup sûr si vous me repoussez. Laissez-moi vous aimer comme vous le mériter. Laissez-moi vous chérir, ma douce amie...

La jeune femme succomba aux charmes délicieux d'Amé et redécouvrit en ses bras les plaisirs charnels trop longtemps oubliés. Il l'emmena loin dans le plaisir, plus loin que ce qu'elle avait jamais connu en tout cas. Durant une longue semaine, ils s'aimèrent à s'en épuiser. Elle se sentit plus vivante qu'elle ne l'avait jamais été auparavant. Le château reprit vie, sortant de la torpeur dans laquelle le malheur l'avait plongée.

Ce fut un beau jour d'été qu'arriva à la porte, un gentilhomme en guenilles. Revenu d'entre les Maures, messire Amaury était de retour. Le cœur et l'esprit enflammés à l'idée de retrouver sa jeune épouse, il se précipita en sa chambre et découvrit son infortune.

— Ah, perfide épouse ! Tu n'as pas su m'attendre ! Tu n'auras pas trop de toute ta vie pour payer l'injure que tu m'as faite.

Tirant son épée, par trois fois il en pourfendit celui qu'il avait cru être son ami et qui lui avait volé son bien le plus précieux. Puis appelant ses gens, il exigea que le cadavre fût pendu à un arbre, au plus haut des rochers de la Fauconnière.

— Messire, je vous supplie de me pardonner, implora Berthe, en larmes aux pieds de son époux. On vous avait dit trépassé, que pouvais-je faire ?

Mais l'époux outragé ne voulut rien entendre. La pénitence devait être à la hauteur de l'affront. Il fit aménager une cellule, creusée dans la muraille de la Tour Grammont.

— C'est ici que tu méditeras sur ta traîtrise, femme sans vertu. Chaque jour que tu y passeras m'éjouira de ton tourment, lui dit-il avant de refermer sur elle, l'huis de chêne.

L'endroit était minuscule et borgne. La malheureuse ne pouvait point s'y lever, seulement s'y agenouiller pour prier. Lorsqu'on la sortait de son cachot, c'était à la demande de son époux, qui prenait un malin plaisir à l'emmener contempler, du haut d'une fenêtre, le cadavre exposé du défunt amant, livré aux corbeaux et autres rapaces.

— Regarde donc, femme infidèle, ce qu'il reste de ton maraud ! N'en détourne pas les yeux, je veux que cette image hante tes pensées jusqu'à la fin de tes jours !

Ainsi, tous les deux jours, elle dû assister à ce triste spectacle, jusqu'à ce que les malheureux restes du supplicié ne soient plus. Dès lors, elle ne sortit plus de sa cellule durant dix longues années. Ce n'est qu'à la mort de son époux que son fils décida de mettre un terme à son enfermement.

Détruite et repentante, elle quitta le château pour aller trouver refuge en l'abbaye de Montbenoît, où reposait le défunt. Elle y passa le reste de sa vie, à prier Dieu pour le salut de son âme et le repos de celles des deux hommes qu'elle avait aimés.

Aujourd'hui encore son âme errante hante les lieux et certains jours, les oreilles averties peuvent entendre, lorsque souffle la bise près du retranchement du Chauffaud, la complainte suivante...

Priez vassaux, priez à deux genoux ; Priez Dieu pour Berthe de Joux.

Gustave et la Dame Verte

Le pays était écrasé de chaleur, en ce jour de printemps 1864. La campagne rayonnait de partout, offrant aux yeux du promeneur un festival de couleurs chatoyantes. Arbres en fleurs et ruisseaux murmurants étaient un ravissement pour les yeux.

L'homme, à la carrure solide, lourdement chargé, allait d'un bon pas à travers prés. Il avait l'allure des paysans du cru et semblait bien connaître les lieux. Et pour cause... Il était ici chez lui, en son pays. Les plaines et montagnes n'avaient aucun secret pour lui, qui les aimait tant. Pourtant, sous son air bourru se cachait un artiste, mais chut... J'en ai déjà trop dit !

Après une longue marche, il arriva enfin à destination. Cet endroit il l'aimait plus que tout, pour le mystère qu'il représentait. Dame nature avait créé là l'une de ses plus belles merveilles. Au fin fond d'une haute falaise de calcaire, jaillissait une eau pure, s'écoulant en cascades fabuleuses. En cette saison, l'écrin de verdure qui l'enchâssait la rendait plus belle encore, délicieusement envoûtante.

Il descendit par un mauvais chemin jusqu'aux eaux du torrent, prenant un soin minutieux à choisir l'endroit propice. Luminosité, orientation, il étudiait tout. Tranquillement, il se déchargea. Un chevalet de bois d'abord, qu'il installa face à la grotte, d'où jaillissait la vie. Lentement, avec précision, il l'installa, puis posa une lourde boîte de couleurs à ses pieds, et enfin, mit une toile vierge sur le support.

« Le Gustave » comme on l'appelait ici, passait pour un original. Fils d'une riche famille de paysans du cru, il n'avait point voulu travailler à la terre, ni même dans autre chose. Non, il préférait perdre son temps à courir alentour, dessinant tout ce qui lui tombait sous les yeux. Ici les gens étaient âpres à la tâche, aussi regardaient-ils d'un œil suspicieux cet hurluberlu qu'ils traitaient, lorsqu'ils étaient entre eux, de fou quand ce n'était pas de fainéant. Mais il n'en avait cure. Très jeune, il s'était découvert une passion pour le dessin et ne vivait désormais que pour son art dans lequel il avait acquis, à force de travail, une réputation qui semblait prometteuse. Ses cheveux noirs, que la bise avait dérangés, encadraient un visage rond mangé par une barbe fournie. Il déplia un siège et s'installa face à la toile, laissant vagabonder son imagination et détaillant le spectacle naturel qui s'étendait devant lui.

Il était là depuis un moment, noircissant la toile d'une main sûre, lorsqu'une voix cristalline se fit entendre.

— Gustave ! Quel honneur de te voir en ces lieux !

Suspendant son œuvre, le peintre se retourna, mais ne vit personne. Il n'était pas encore midi, le soleil n'avait pu lui cogner sur la tête. Secouant la tête, il se remit à la tâche.

— Non, tu n'es pas fou. Je te parle Gustave. C'est la moindre des politesses que d'accueillir un hôte lorsque l'on a de la visite. Oh mais suis-je sotte, je ne me suis pas présentée, je suis la Dame Verte !

Relevant aussitôt la tête, Gustave vit en face de lui, sur un rocher bas de l'entrée de la grotte, une longiligne silhouette féminine qui le regardait d'un air moqueur. D'une très grande beauté, la jeune femme avait une peau très pâle, et le visage encadré par de très longs cheveux d'or.

Une couronne de fleurs ornait sa tête.

La Dame Verte, ici tout le monde en avait entendu parler. C'était la fée des forêts et des prairies que l'on trouvait dans les légendes populaires. Mais aujourd'hui, la fée était là, vivante, debout devant lui et lui parlait. Quelle diablerie se cachait donc derrière tout cela ?

— Tu es une légende, une fée dont on narre les bienfaits aux petits enfants ! Comment peux-tu me parler, puisque tu n'existes pas, demanda Gustave, de sa belle voix grave.

— Les hommes ont fait de moi une légende en effet. Mais les enfants savent bien, eux, que j'existe car ils regardent toute chose avec l'émerveillement qui est dans leur nature. Mais en grandissant, ils perdent cette faculté et s'ils se souviennent de moi, ils se convainquent que je ne suis qu'un rêve, une fée imaginaire. Toi qui es un artiste, je sais que tu as gardé ton âme d'enfant, c'est pourquoi tu me vois et m'entends aujourd'hui.

Gustave n'en croyait pas ses yeux. Elle s'approcha de lui, doucement. Son corps se matérialisait de plus en plus au fur et à mesure qu'elle avançait. Sa peau évoquait les montagnes enneigées du Jura, ses yeux semblaient le reflet des eaux claires de la Loue, toute proche. Lorsqu'elle s'arrêta, elle était si proche qu'elle eut pu le toucher.

— Tu aimes la nature Gustave. Il n'y a qu'à voir la façon dont tu la glorifies par ton art… Laisse-moi t'en remercier aujourd'hui.

Il est vrai qu'il était amoureux de sa campagne. Combien de fois avait-il transporté son matériel pour peindre une rivière, une source, une grotte… Il voulait les immortaliser pour n'en jamais perdre la beauté, pour les garder avec lui où qu'il soit.

— Cette grotte d'où sort l'onde pure et bouillonnante de la Loue, c'est ma maison, Gustave. On a du te dire, lorsque tu étais enfant, que je vivais dans une grotte… Eh bien, c'est celle-ci. Et je suis très heureuse que tu sois venu me rendre visite. Viens, suis-moi, ajouta-t-elle en le prenant par la main.

Il lui emboîta le pas, le long des berges vertes, jusqu'à l'entrée de la caverne où le vrombissement de l'eau devint assourdissant. Mais au lieu d'être dans l'ombre, il fut ébloui. Les parois rocheuses scintillaient de mille feux, donnant une aura magique à la grotte. La Dame Verte continuait sa marche.

— Prends garde, les pierres sont glissantes, pour qui n'y est point habitué. Il serait dommage que tu te rompes le cou, lui dit-elle d'un ton narquois.

Il peinait quelque peu derrière elle. Il faut dire qu'il n'avait ni sa finesse, ni sa souplesse.

— Où m'emmènes-tu comme cela ?

— J'ai décidé de te montrer mon royaume, nous y sommes presque. Voilà, tourne à droite... Là.

Une faille entre deux roches se dessinait, elle s'y engouffra aussitôt, Gustave à sa suite. Ils se retrouvèrent alors dans une salle de pierre aux dimensions respectables. Étrangement, bon nombre de fleurs de toutes espèces y poussaient. Devant les yeux médusés de Gustave, elles saluèrent en chœur l'arrivée de la Dame Verte.

— Bonjour jolie Dame, sois la bienvenue chez toi, dirent les marguerites en s'inclinant sur son passage. Tu

nous amènes de la visite, c'est inha-
bituel !

— Merci mes amies, je vous pré-
sente Gustave, artiste de son état. Il
était installé sur l'herbe, peignant
avec talent notre belle rivière. Mon
ami, salue donc mes compagnes je te
prie.

Stupéfait, il s'exécuta maladroitement, conscient du ridicule de la si-
tuation. Si ses amis parisiens le
voyaient saluer un parterre de fleurs,
ils le penseraient bon pour l'asile, à
n'en pas douter !

S'installant sur une roche moussue
taillée en siège, la Dame lui fit signe
de prendre place en face d'elle.

— Je reçois peu en ce lieu, mon
cher Gustave. Il y a bien longtemps
d'ailleurs, que je ne l'ai fait. Mais je
sais que tu es tout indiqué pour ap-
précier cet honneur à sa juste valeur.
Bien entendu, tout ce que tu auras vu
ou entendu devra rester secret ! Je

connais la folie des hommes, ils n'hésiteraient pas une seconde à profaner mon sanctuaire, par cupidité ou par bêtise.

Gustave acquiesça gravement, conscient de vivre un moment que peu d'hommes avaient la chance de connaître. L'œil de l'artiste détaillait les lieux pour en fixer chaque détail dans sa mémoire. Sur les parois rocheuses couraient des lianes d'un lierre fourni, scintillant de cristaux minéraux. Une voûte massive les surplombait sous laquelle pendaient, tels de majestueux glaçons, de magnifiques concrétions.

— Comme tu dois le savoir, je suis la protectrice de la nature et de la vie, d'où cette présence peu ordinaire de végétaux en cette grotte.

— Qu'attends-tu de moi, chère Dame ?

— Mais rien du tout cher ami... Je t'ai invité, pour te remercier de si bien glorifier mes trésors au travers de ton œuvre. J'ai aperçu ta toile tout à l'heure, alors que je t'observais. Il y a tellement de sensibilité sous tes pinceaux, tellement de vérité que cela m'a émue.

Un elfe arriva, portant un plateau de bois sur lequel étaient posés deux verres d'un cristal très fin.

—Permets que je t'offre un rafraî-chissement. Ma plus belle création, s'il en est... L'absinthe. Cette boisson divine, je l'ai fait découvrir à tes congénères il y a bien longtemps. Regarde, ici...

Noyé au milieu du tapis de fleur, trônait majestueusement un pied d'absinthe dont la couleur argentée des feuilles se mariait fort bien aux couleurs chatoyantes qui l'entou-raient.

— Le premier plant vient d'ici... J'en ai fait don à un paysan, après la lui avoir fait goûter, il y a fort long-temps. Mais les hommes ont perverti cette boisson ! Ils en ont abusé, comme de beaucoup des dons que leur fait la nature. De moi, de mes mises en garde, qu'ont-ils retenu ? Rien... Juste le nom quand ils croient voir ma silhouette dans leur verre ! La fée verte... Alors que je n'ai jamais rendu malade personne. Les hommes ont corrompu ce nectar des dieux, pour leur malheur.

Gustave se sentit coupable, d'un seul coup. Il était lui-même, comme beaucoup de ses amis, grand amateur de cette divine boisson et avait conscience de ne pas toujours être raisonnable. Mais après tout quel mal y avait-il à aimer les bonnes choses ?

La Dame Verte le regarda, et partit d'un rire clair.

— Ne prends pas cet air penaud, mon cher Gustave... Tu n'es qu'un pauvre humain, avec tes faiblesses ! Mais prends garde, il se pourrait qu'un jour tes excès te soient fatals.

Le corps se rebelle toujours lorsqu'on le maltraite !

L'elfe servit le breuvage, faisant fondre délicatement des cristaux de sucre sous une eau cristalline.

— Je bois à ta santé mon ami, à l'amitié et à ton talent. Puisse mon royaume t'inspirer encore longtemps !

Ils passèrent ainsi quelques heures à deviser, parlant des hommes, des richesses de ce pays, et d'art. Il apprit ainsi que non seulement la Dame Verte était déesse de la nature, mais aussi par extension, de la féminité. Le jour, elle courait dans les prairies, dansant dans le soleil. Parfois, lorsqu'elle rencontrait un homme qui lui plaisait, elle n'hésitait pas à l'emmener partager un bain dans l'eau fraîche... Mais les occasions étaient rares, car peu d'hommes étaient capables de la voir.

Puis il fut l'heure pour lui de prendre congé. Un fouletot le raccompagna jusqu'à la sortie de la grotte et bientôt, il se retrouva ébloui par le soleil printanier. Son chevalet était là, tel qu'il l'avait abandonné. Étrangement, le soleil indiquait la même heure que lorsqu'il était parti. Avait-il rêvé ? Était-ce la réalité ? Il ne le savait plus… Fiévreusement, il reprit ses pinceaux, et travailla de façon acharnée, à rendre toute la beauté du lieu, mais aussi son mystère.

Dans l'ombre de Notre-Dame-du-Haut

Le jour se levait sur la petite cité minière blottie au pied de la colline du Bourlémont, que dominait une chapelle dédiée au culte de la Vierge. L'édifice roman, flanqué de tourelles baroques, avait une allure pour le moins étrange, mais non sans allure. Telle était Notre-Dame-du-Haut. Dans son ombre, à mi-chemin du bourg, se dressait le chevalement du puits Sainte-Marie, véritable poumon des galeries dont il assurait la ventilation.

Dans la petite maison du hameau de Mourière, la vie s'éveillait. La cafetière posée sur le coin du fourneau exhalait ses arômes dans la modeste cuisine tandis que Thérèse, la mère, s'activait à préparer le casse-croûte de ses hommes. On ne pouvait pas dire qu'ils étaient nombreux, car si la Thérèse et le Joseph avaient eu de nombreux enfants, le bon Dieu ne leur avait accordé que deux gars : Louis qui n'avait pas vécu puis deux ans plus tard, Jules.

L'héritier tant attendu avait grandi choyé par ses parents qui ne l'espéraient plus et ses sœurs aînées qui le vénéraient. C'était un beau gars de vingt ans qui faisait bien des ravages dans le cœur des filles du village. Dès qu'il avait été en âge, et comme tous les ronchampois de l'époque, il avait rejoint la mine. Oh, il ne s'en était jamais plaint, c'était tout naturel... Comme son père avant lui, il avait été « galibot » avant d'aller au fonçage. Un labeur âpre qui épuisait le corps et lessivait l'esprit, mais qui faisait vivre la famille. Si certaines de ses sœurs s'étaient mariées, il n'en restait pas moins encore quatre sous le toit paternel, dont la petite Thérèse qui n'avait alors que douze ans. Et puis il y avait la vieille Joséphine, la grand-mère, qui se rendait utile comme elle le pouvait. Il fallait faire bouillir la marmite ! C'est pourquoi, pour gagner la prime accordée par la houillère, Jules avait choisi de travailler de nuit.

Quant à Joseph, après des années passées comme mineur de fond, sa carcasse percluse de rhumatismes et son souffle sifflant ne lui permettaient désormais plus grand chose. Il était aujourd'hui employé au lavage de la houille, emploi bien moins rémunéré mais plus adapté à son état de santé.

Thérèse emplit un grand bol d'une soupe de légumes épaisse et fumante, dans laquelle elle prit soin de casser des morceaux de pain rassis.

Il fallait quelque chose qui tienne au corps et la soupe, ici, était de tous les repas. Après avoir pris place autour de la table, Joseph ajouta une bonne rasade de vin rouge au mélange, et l'avala à grandes lampées. Rien de tel pour mettre un travailleur d'aplomb ! Il faut dire qu'elles étaient longues les journées de travail à cette époque : douze longues heures dont il sortait noirci et éreinté. Mais au moins pour lui, les risques étaient moindres. Chacun avait encore en mémoire la tragédie du puits Saint-Charles trois ans plus tôt, dans laquelle avait péri une vingtaine de mineurs. Il n'était pas un jour sans qu'il ne pense à tous ces malheureux qui n'avaient jamais revu le jour après être descendus dans les étroits boyaux. Maintenant, la menace planait sur son fils. Thérèse le regardait chaque fois partir avec la même angoisse, adressant une prière muette à Sainte Barbe pour qu'il lui revienne sain et sauf. Comme chaque jour elle lui préparait de quoi manger, une large tranche de pain accompagnée d'un bon morceau de lard, ainsi qu'un mélange de café et de vin rouge pour se désaltérer.

La nuit était encore là lorsque Joseph se mit en route, rejoint par d'autres gueules noires.

— Bien le bonjour Joseph ! Comment qu'ça va c'matin ?

C'était le François, son gendre, qui l'apostrophait. Il avait épousé Mélie, sa fille aînée, quelques années plut tôt. Petit bonhomme que tout le monde surnommait « Le Tronc », sa jovialité était légendaire.

— La Mélie va bien ? Et les p'tiots ?

— Ma foi oui. C'est qu'elle a de quoi s'occuper avec ces cinq arsouilles[3] ! C'est qu'ça r'mue à ces âges-là !

Ils arrivèrent bientôt au bourg, chacun prenant la direction de son

---

3 Voyous en langage familier.

lieu de travail. Le lavoir pour Joseph, le puits du Magny pour François. Chaque matin, ce dernier y croisait son beau-frère lors de la relève des postes. Ils échangeaient alors un salut rapide. Il l'aimait bien ce jeune gars courageux et toujours prêt à rendre service comme à blaguer ou boire une chopine, toutes choses qui étaient pour François, des qualités essentielles chez un homme.

À la lampisterie, les gars faisaient la queue pour retirer lampes et barrettes avant d'aller rejoindre les cages. Il fallait avoir le coeur bien accroché ! Deux étages formaient la cage, l'un où l'on pouvait se tenir debout, l'autre où l'on ne pouvait qu'être *à creupto*[4]. Il faut dire que cette dernière position permettait de mieux résister aux secousses et à la vitesse même si, comme Le Tronc, on n'était pas bien grand.

----

4 À croupi, en patois franc-comtois

François descendit ce dimanche matin dans la première cage, tandis que les gars du poste de nuit remontaient. Point de Jules dans cette fournée-là, sans doute l'apercevrait-il en bas. En effet, le jeune homme dont seuls les yeux et les dents étaient visibles sous la couche de poussière noire qui recouvrait sa peau, s'apprêtait à entrer lorsqu'il le salua.

— Pense à ceux qui vont trimer pendant qu'tu roupilleras, lança François avant de s'enfoncer dans la taille. Y'en a qu'ont d'la veine, z'ont fini leur journée !

— C'est ça mon gars, railla Jules. J'dormirai pour toi ! Pi après, j'irai courir les filles ! Adieu et à la *r'voyure*⁵ ! Il monta dans la cage tout en continuant de blaguer avec ses compères sur lesdites filles girondes qu'il pourrait bien aller chahuter dans la journée.

____

5 Au revoir, patois franc-comtois.

Pendant ce temps, dans la petite maison de Mourière, tout le monde était désormais debout. Tandis que la grand-mère s'occupait de faire manger les petites, Thérèse préparait le repas dominical après avoir mis l'eau à chauffer pour la toilette de son fils. Ensuite, elle irait à la messe, rendre grâce à la Vierge de protéger sa famille. Sur un coin du fourneau, la soupe attendait Jules, comme chaque matin. Il n'allait pas tarder de rentrer, à cette heure.

Le temps passa, mais il n'arrivait pas. Thérèse sentait monter une angoisse sourde. Ce n'était pas normal !

—T'inquiètes donc pas, lui dit la vieille. Il se s'ra arrêté boire un canon quelque part !

— P't'être... N'empêche qu'ça commence à être long. J'ai un mauvais pressentiment !

— *Coche te*[6] ! J'vas faire le ch'ni, ce s'ra toujours mieux que d't'écouter dire tes niol'ries, répondit Joséphine, en s'emparant de la pelle à feu et d'un balai de genêt.

Après avoir expédié les filles à diverses tâches, Thérèse guetta derrière ses carreaux. Elle vit un groupe d'hommes remonter la route en discutant. N'y tenant plus, elle sortit à leur rencontre.

— Tiens, v'la la Thérèse ! Tu devrais aller voir au Magny, y'avait la carriole du docteur. Y paraît qu'c'est pour le Jules, dit l'un d'eux.

— Y'a eu un accident ? J'en étais sûre !

Elle partit aussitôt en courant, laissant ses filles à la garde de la vieille. En arrivant au centre, elle remarqua les regards de pitié que lui jetaient

____

6 Tais-toi, patois franc-comtois

ceux qu'elle croisait. Mais elle voulait garder espoir… Elle n'avait pas entendu sonner les cloches, ce ne devait pas être très grave ! Et puis surtout, le docteur était là, il allait le soigner. Il faudrait se serrer la ceinture, le temps qu'il se remette. De cela, ils avaient l'habitude. Ils feraient avec peu pendant un temps, voilà tout.

En arrivant sur le carreau de la mine, elle aperçut la calèche du docteur. Le père Rollet attendait, s'occupant des chevaux. Le ton qu'il employa pour la saluer ne lui dit rien de bon. Elle s'approcha de l'attroupement, jouant des coudes, donnant de la voix pour fendre la foule.

C'est là qu'elle le vit au loin, étendu sur le sol dans une mare de sang. Un long hurlement sortit de sa gorge devant la scène qui s'offrait à ses yeux. Le docteur l'empoigna au passage.

— Thérèse, n'y vas pas. Ce n'est pas beau à voir ma pauvre petite

— Laissez-moi ! C'est mon p'tit qu'est là, j'veux y aller !

Lui échappant, elle se jeta sur le corps inerte, hurlant sa douleur. C'est alors qu'elle vit l'impensable : la tête était séparée du corps.

— Vous m'l'avez tué ! Vous m'l'avez tué, hurlait-elle en pleurant. De ses pauvres mains tremblantes, elle souleva la tête martyrisée de son fils pour en baiser les lèvres noircies. En cet instant, son regard semblait envahi par la folie. C'est Joseph, arrivé avant elle, qui la releva, l'enlaçant pour pleurer avec elle.

— Que s'est-il passé ? hoqueta-t-elle.

— Un accident bête. L'Jules faisait l'mariole dans la cage, pour amuser les autres. Il se penchait tandis qu'elle remontait, et l'autre est descendue au même moment.

— Ça a été très vite Thérèse, il n'a pas eu le temps de souffrir, rajouta le médecin. Je sais que c'est une maigre consolation...

— Rendez-moi mon fils, hurla la pauvre femme.

Le cri de détresse résonna sur le carreau, au milieu d'un silence de mort. Tous étaient figés par la douleur de cette mère, effondrée sur la dépouille de son fils. Quoi dire, quoi faire ? Tout semblait être vain et dérisoire. C'est le curé qui prit Thérèse par l'épaule pour lui parler, lui apporter le réconfort de Dieu.

— Ah non hein ! Ne m'parlez pas d'vot' bon Dieu ! Il était où quand mon p'tiot était au fond hein ? L'a pas eu l'droit à son attention ! Y d'vait avoir à faire ailleurs l'bon Dieu !

— Ma fille, ne blasphème pas, je t'en conjure. Dieu est amour et ce que tu dois retenir, c'est qu'il a ouvert à Jules les portes de son paradis.

— Mais il n'avait que vingt ans, il était plein de vie…

Désespérée, elle tourna les talons, laissant l'assistance médusée et impuissante sur place. Albert Morey, géomètre et Joseph Faivre, maître-mineur, se mirent en route pour la mairie afin d'aller y déclarer le décès, lequel fut enregisté dans la matinée du dimanche 27 août 1899.

On ramena la dépouille de Jules dans la modeste demeure, après l'avoir mis en bière. Telle n'était pas la coutume mais cela avait été jugé préférable, eut égard à l'état du corps. Toute la journée et la nuit, amis et voisins défilèrent pour réconforter les parents, s'occuper des petites, bénir le corps et prier.

Après une messe à l'église du bourg, où se pressa toute la population, Jules fut porté en terre le lundi,

dans le petit cimetière à flanc de colline. Sa mère trouva un certain réconfort à imaginer que de son
aplomb, Notre-Dame-du-Haut veille-
rait désormais sur lui, pour l'éternité...

La belle Ondine

Perle de notre beau pays, la vallée du Dessoubre est un lieu incontournable et chargé de mystère. Les eaux vives et pures s'écoulent dans un paysage invitant au rêve et à la méditation. Lecteur, je t'invite à travers mes mots, à laisser voguer ton imagination et à entrer dans un monde fabuleux...

Il fut un temps, pas si lointain, où les habitants de cette vallée vivaient en parfaite harmonie avec la nature. Ils vivaient de la terre qu'ils cultivaient et dont ils nourrissaient leurs bêtes, de l'eau généreuse qui leur fournissait bon nombre de poissons délicieux et autres écrevisses. L'hiver, qui était long et rigoureux, ils s'enfermaient dans leurs fermes où ils fumaient dans les tuyés saucisses et jambons, mais où ils travaillaient aussi le bois. Meubles et objets divers naissaient ainsi de leurs mains calleuses mais ô combien habiles. Nombreux étaient aussi moulins et scieries, qui faisaient la richesse du pays.

C'est dans cette vallée qu'habitait une pauvre femme. Veuve depuis de longues années, elle vivait chichement de son lopin de terre, aidée par son fils Louis. « Le Louis », comme on l'appelait ici, était un solide gaillard de vingt ans. Travailleur acharné, il ne renâclait pas à la tâche, allant se louer de ferme en ferme, pour aider sa pauvre mère. De distractions il n'avait point, trop épuisé pour aller danser le dimanche comme les jeunes de son âge. Son seul plaisir était le soir, lorsqu'il allait flâner le long des berges du Dessoubre. Parfois il pêchait à la main et ramenait des truites pour le dîner. C'était alors fête à la maison, car l'ordinaire était souvent constitué de gaudes et de pain noir.

C'est le long de ces berges qu'il l'aperçut pour la première fois, resplendissante dans le soleil déclinant. Une beauté sauvage qui ne ressemblait en rien à ce qu'il avait déjà pu voir. Un corps filiforme et souple, une longue chevelure noire qui tombait à la taille, un visage aux traits fins qu'illuminaient des yeux aux reflets d'or. Jamais Louis ne l'avait vue et pourtant, il pouvait dire qu'il connaissait chaque âme de la vallée, qu'elle soit d'homme ou de bête. Ne se sachant pas observée, la jeune femme dansait pieds nus dans l'herbe tendre, sous le regard envoûté de son spectateur caché.

Glissant sur une branche morte, Louis se retrouva d'un coup aux pieds de la jeune fille amusée.

— Eh bien joli monsieur, tu es en bien mauvaise posture ! Voilà ce qu'il en coûte d'épier les honnêtes filles !

Rouge de honte, Louis s'excusa et se présenta à la belle inconnue. Il était bien maladroit, n'ayant point l'habitude des femmes. Oh ! Certes, il agaçait parfois les filles de la région, mais ils avaient grandi ensemble, et étaient quasi-frères et sœurs. Là, rien de comparable. Du coup, il n'avait plus de repères...

— S'cusez mam'zelle. Je suis le Louis, j'habite la fermette un peu plus haut. Ne voyez point de mal, mais vous étiez si belle ! Jamais de ma vie, je n'ai vu quelque chose d'aussi beau j'vous jure.

Un éclat de rire cristallin lui répondit aussitôt.

— Quelque chose ? Serais-je donc une chose ? Voilà qui est nouveau, répondit-elle en s'esclaffant. On m'appelle Ondine, et je vis ici et ailleurs, fille du ciel et de l'air. Heu-

reuse de faire ta connaissance Louis.
Je vois peu de monde dans cette vallée, mais ça me va bien. J'aime la
solitude, comme tu as pu le remar-
quer.

Ils bavardèrent ainsi un long moment. Ce n'est que lorsque Louis vit
le soleil se coucher, qu'il prit
conscience de l'heure tardive. La
mère devait se demander où il était,
ce n'était pas dans ses habitudes de
rentrer si tard, qui plus est bre-
douille.

— Reviens ici demain, je t'y attendrai. J'aime ta compagnie, tu es franc
et sincère et ça me plaît bien. N'oublie pas surtout, lui dit-elle en agitant
la main pour un dernier au-revoir.

C'est le cœur battant que Louis regagna la ferme ce soir-là. Comme il
s'y attendait, la mère se rongeait les
sangs de ne pas le voir revenir et il
dut faire preuve de persuasion pour
la rassurer. De sa rencontre il ne par-

la point, gardant son doux secret pour lui. La nuit venue, il rêva de l'envoûtante jeune femme. À n'en point douter il était amoureux, ce qui était nouveau pour lui.

Durant ce temps, sur les berges du Dessoubre baignées par la lumière surnaturelle d'une lune pleine, une scène peu ordinaire se déroulait. Une étrange créature, au long corps recouvert d'écailles et aux ailes déployées, serpentait sur l'herbe fraîche. Sa tête dressée fièrement illuminait l'endroit d'un éclat particulier. En effet, une escarboucle de pierreries et d'or l'ornait majestueusement, formant un œil unique sur son visage. La Vouivre, car c'était bien d'elle qu'il s'agissait, regarda alentours, s'assurant que nulle présence humaine ne rôdât dans les parages. Puis de ses pattes courtes et griffues, prit le joyau et le déposa précautionneusement sur le rivage avant de gagner les eaux froides qui étaient son domaine réservé. Elle y nagea longuement, avec un plaisir non dissimulé. Comme chaque soir, elle se ressourçait dans les eaux vives. C'est aux premières lueurs du jour qu'elle en sortit, reprenant sa parure avant de disparaître, s'envolant par-delà les futaies.

Le lendemain, Louis ne pensait plus qu'à une chose, retrouver sa belle amie après sa journée de travail. Il mit encore plus d'ardeur, pressé qu'il était de terminer sa tâche. En un rien de temps, cette femme avait chamboulé sa vie. Après de longues heures de labeur, il arriva essoufflé, tant il s'était hâté. Ondine l'attendait, assise dans l'herbe, jouant à faire tourner une fleur entre ses longs doigts.

— Bonjour mon ami. Sais-tu que j'ai compté les heures, tant j'avais hâte de te revoir ? T'ai-je manqué au moins, lui demanda-t-elle.

— Pour sûr que tu m'as manqué ! Tu es une magicienne car je ne me reconnais plus depuis hier. J'ai, comme qui dirait, la tête à l'envers. Quel sort m'as-tu jeté pour me chambouler ainsi ?

— Sort ? Me prends-tu donc pour une sorcière ? Point de sort ici mon cher Louis. Mais je comprends ce que tu veux dire ; moi aussi je me sens étrange depuis notre rencontre.

Le soleil était encore haut dans le ciel et l'été finissant offrait une chaleur bienfaisante. D'un commun accord, ils décidèrent de se baigner. Louis s'écarta, à l'abri des buissons, pour se défaire, ne gardant que son caleçon. Il reçut un coup au cœur lorsque, reparaissant, il découvrit Ondine dans la plus grande nudité, ses longs cheveux d'ébène coulant sur sa poitrine.

— Allez, viens donc avant qu'il ne soit trop tard ! L'eau est bonne je t'assure... Mais... Je te fais peur, que tu n'oses avancer ?

— C'est que... Tu es...

— Nue ? C'est donc cela qui te gêne ? Mais dans quelle tenue veux-tu que je me baigne grand nigaud ! Fais donc comme moi ! A-t-on idée d'aller à l'eau vêtu, s'esclaffa Ondine, amusée par la gêne de son ami.

Maladroitement, il obéit et bientôt tous deux s'ébattirent gaiement dans l'eau vive, nageant, plongeant. Le rire cristallin d'Ondine retentissait entre les roches, faisant écho aux chants des oiseaux. Mais alors qu'ils s'amusaient, Louis fut pris dans un tourbillon et disparut. Ondine partit aussitôt à sa recherche, inspectant les fonds. In extremis, elle le trouva entre deux eaux, inconscient. Sa tête avait heurté un rocher. Elle le ramena à la rive et l'allongea sur les pierres chaudes. Il était blanc, respirait à peine. Sa peau était marbrée de bleu. Il fallait le réchauffer, sinon le pire était à craindre. Elle avait trop vu d'hommes passer de vie à trépas, de cette façon.

Méticuleusement et avec ardeur, elle entreprit de frictionner de ses mains chaque parcelle de son épiderme, collant son corps contre lui pour lui transmettre un peu de sa chaleur.

— Louis, reviens… Ce n'est pas l'heure pour toi de quitter ce monde ! J'ai besoin de toi l'exhorta-t-elle, tout en continuant ses frottements vigoureux.

Au bout de quelques minutes il ouvrit enfin les yeux, découvrant le beau visage au-dessus du sien, sentant les mains parcourir son corps. Doucement il la prit dans ses bras. Leurs bouches s'unirent en un baiser passionné. Émerveillés, ils découvrirent leurs corps et surtout les déli-

cieuses sensations qu'ils leur procu-
raient.

— L'heure est avancée Louis, il te
faut rentrer ou ta mère va encore
s'inquiéter. Tiens, j'ai péché cet
après-midi, ramène donc ces poissons ça lui fera plaisir. Je t'attendrai
ici tous les jours mon amour... Tu me
manques déjà !

Il partit la mort dans l'âme, malheureux qu'il était d'abandonner sa
belle. Il mangea peu ce soir-là, sur-
prenant sa mère.

— Si c'est point malheureux ! Pi-
nailler ainsi sur une aussi belle
truite ! Tu gâches, mon gars. T'es pas
dans ton assiette, je l'vois ben.

Louis, perdu dans ses pensées ne
l'entendait même pas, ce qui la fit
râler d'autant plus.

— C'est-y point Dieu possible d'voir
ça ! Il écoute même pas sa mère ! Si
tu n'manges point, va t'occuper des

bêtes au lieu de rêvasser ! C'est point l'ouvrage qui manque.

La vieille était en colère. Son fils ne l'avait pas habituée à cela. Il y avait du jupon là-dessous, elle en était sûre. Quoi d'autre ?

Il était déjà parti. Après un passage à l'écurie pour panser les bêtes, il décida de retourner à la rivière. Il courut à travers bois, dévalant les pentes rocheuses qui menaient à la berge. De loin, il aperçut une lueur étrange, avant de découvrir un spectacle auquel il ne s'attendait pas.

La Vouivre était là, ailes déployées, posée sur la rive. L'escarboucle illuminait la nuit du rouge vif de son rubis. Il la reconnut de suite, elle ressemblait trait pour trait au personnage de la légende que l'on racontait, lorsqu'il était enfant, le soir à la veillée. Jamais il n'aurait pensé la rencontrer. Émerveillé, il contempla le spectacle qui s'offrait à lui durant un long moment. Il faudrait qu'il en parle à Ondine, il ne pouvait garder pour lui seul ce secret fabuleux. Il regagna la ferme fort tard, épuisé de trop d'émotions, ignorant que sa mère l'avait précédé de peu. Lorsqu'elle l'avait vu quitter l'étable, elle avait décidé de le suivre pour percer le mystère de son changement soudain.

Les jours passèrent ainsi, les rendez-vous se succédèrent, renforçant le lien amoureux qui unissait désormais Louis et Ondine. Il lui avait parlé de ce qu'il avait découvert, lui faisant jurer de n'en parler à personne. Elle avait ri, avant de reprendre son sérieux, et de lui faire une confidence.

La créature qu'il avait découverte au bord de la rivière, c'était elle.

Incrédule, Louis ne pouvait y croire, et pourtant... La Vouivre avait bel et bien deux vies. L'une de femme, tant que le soleil brillait et une autre de créature serpentine dès que la nuit tombait. L'escarboucle était son œil, celui qui lui permettait de voir en toute chose, en toute âme, la vérité du monde. Et dès les premières heures du soir, elle regagnait son royaume, en se coulant dans les eaux vives de la rivière.

— Toi seul sais la vérité Louis. Je t'aime et j'ai confiance en toi. Depuis des siècles, je me protège de la cupidité des hommes qui n'ont de cesse de s'emparer de mon trésor. Mais tu n'es pas comme les autres. Tu es pur et droit. Tu ne me trahiras pas.

Louis lui fit maints serments d'amour et de loyauté. Jamais il ne trahirait celle qu'il aimait, elle pouvait en être sûre.

Mais c'était compter sans la mère, qui voyait là l'aubaine tant attendue

pour sortir de la misère. Secrètement, elle avait décidé de retourner à
la rivière, et de profiter du bain de la
créature pour s'emparer du trésor.
Ce serait la fin de leurs soucis, une
belle vie d'assurée !

C'est par une nuit sans lune qu'elle
passa à l'action. Elle rejoignit le Dessoubre par des chemins détournés,
prenant soin de ne faire aucun bruit.
À l'abri des taillis, elle attendit pa-
tiemment que la créature vienne enfin.

Un bruissement d'ailes annonça
son arrivée. Elle plana, s'assurant
que tout était tranquille, puis se posa
sur la berge. Méticuleusement elle
observa, puis se départit de son
joyau qu'elle posa, comme à son habitude, dans l'herbe tendre. Puis son
long corps écailleux se coula jusqu'à
l'eau fraîche.

La vieille, qui n'avait pas perdu une
miette de la scène, attendit qu'elle
soit loin du rivage, puis sortit de sa

cachette et s'empara avec avidité de l'escarboucle avant de fuir à travers bois.

Un long cri lugubre fit trembler toute la vallée. Celui de la Vouivre à qui l'on avait volé son trésor. Elle surgit de l'eau, ailes déployées, toutes griffes dehors, puis survola les rochers boisés, à la recherche de celle qui l'avait dépouillée. La retrouvant, elle l'emporta dans ses serres, jusqu'au sommet d'un rocher surplombant la rivière et lui reprit son œil qu'elle remit aussitôt en place.

— Qu'as-tu fait, malheureuse ! Sais-tu que d'ordinaire, tu devrais être morte, pour avoir ainsi cédé à ta cupidité ! C'est le sort que je réserve depuis la nuit des temps aux gens de ton espèce. Mais je ne peux te tuer… Une part de moi est aimée de ton fils et je l'aime en retour. C'est donc à lui que tu dois la vie. Te tuer, serait tuer notre amour et je ne puis m'y résoudre. Mais de ton acte tu devras te repentir. Il n'est point de vie plus misérable que celle obtenue par le vol.

La mère tremblait de tous ses vieux membres, le regard baissé, honteuse de ce qu'elle avait eu l'audace d'entreprendre.

— J'vous d'mande ben pardon la Vouivre ! J'savions plus c'que j'faisions. Tant d'misères, tant d'peines m'ont fait perdre la tête. J'vous jure que j'recommencerons plus, sur la sainte bible !

— J'ai la faiblesse de te croire. Mais ça ne me suffit pas. Je veux une garantie que tu ne t'opposeras pas à ce que ton fils prenne épouse et quitte ta ferme. Je veux que tu respectes son choix et que tu honores sa femme comme si elle était ta propre fille.

— J'jure, sur tout c'que j'ai de plus cher, lança la vieille, trop heureuse de s'en tirer à si bon compte.

— Bien. Je vais te ramener près de chez toi, et je ne veux plus jamais te voir la nuit hors de ta maison.

Elle se saisit de la vieille et s'envola jusqu'au petit bois jouxtant la fermette où elle la libéra.

— N'oublie pas ta parole ! Je ne pardonnerai pas deux fois dit la Vouivre avant de repartir dans un bruissement d'ailes.

Quelques semaines plus tard, Louis et Ondine étaient officiellement fiancés. Aux premiers jours du printemps, on célébra les noces dans la petite église du village. La jeune épousée avait mis dans la corbeille de mariage, un joyau de toute beauté. Un énorme rubis serti d'or. Lorsqu'elle le donna à Louis, elle lui déclara :

— Aujourd'hui, puisqu'il me faut choisir, la Vouivre cède sa place à la femme. Cet œil ne me sera plus utile, mais il est important qu'il ne fasse pas le malheur des hommes. Je te le donne pour qu'en un lieu secret, il soit à jamais enfoui.

Ensemble, ils décidèrent de le mettre à l'abri, au fin fond d'une des nombreuses grottes de la vallée. Ne me demandez pas laquelle, je vous vois venir, avides que vous êtes… Sa belle lueur rouge n'illumine désormais plus que les entrailles de la terre, et plus personne ne s'entre-tue pour le posséder. De mémoire d'homme, plus jamais la Vouivre n'est apparue à personne, sinon aux petits enfants à qui l'on raconte toujours la légende.

Les derniers jours d'un condamné

Huit jours que nous sommes, mes compagnons de combat et moi, enfermés dans cette sinistre forteresse. Notre espoir a été réduit à néant lorsque, errant dans les bois pour rejoindre l'armée française toute proche, nous sommes tombés dans une souricière tendue par l'ennemi. À coups de crosses, on nous a chargés - blessés compris - dans des camions qui nous menèrent ici.

« Ici », c'est la caserne Friedrich qui domine la ville de Belfort, non loin de la Tour de la Miotte. Les allemands en ont fait le siège de la Gestapo locale ; nous avions tous entendu parler de ce qu'il s'y passait bien avant d'y être détenus tant les geôles belfortaines avaient funeste réputation. Débuta alors l'attente... Certains gardaient l'espoir. Les alliés n'étaient pas loin, ils pouvaient être là rapidement. Pour ma part, je n'y ai jamais cru. Les boches étaient enragés face à une défaite qu'ils sentaient déjà inéluctable. Foutus pour foutus, ils ne reculeraient devant rien. Avant d'être arrêtés, nous avions eu vent de ce que ces bouchers avaient fait à Étobon... Ces infâmes salauds y avaient massacré trente-neuf hommes pris au hasard parmi la population. Quand je pense que c'est nous qu'ils osent traiter de terroristes, je m'étouffe d'indignation !

Si nous avons été épargnés jusque-là, c'est uniquement parce qu'ils espéraient nous faire parler. Qu'il y ait eu des officiers parmi nous ne les avait pas satisfaits, loin de là. Un par un, nous avons été soumis à de longues séances d'interrogatoires menées tant par les nazis que par les miliciens. Il fallait voir comme ces derniers étaient encore plus ignobles que leurs maîtres... Toujours prêts pour exécuter les plus basses besognes, et dieu sait qu'elles étaient nombreuses : menaces de représailles, tabassage, suffocation et autres bains glacés, tout était bon pour ces pourris. Beaucoup d'entre nous rejoignaient leur cachot inconscients et meurtris, mais fiers de ne rien avoir lâché.

Hier, nous avons évoqué le pays avec mes amis gendarmes champagnerots. Il nous semblait que de parler ainsi de notre belle vallée éloignerait un temps les menaces qui pesaient sur nous. Malgré nos tentatives, notre angoisse était quasi palpable. L'un d'eux a même demandé à son chef comment l'on faisait pour prier... Cela en dit long sur l'état d'esprit dans lequel nous sommes. Ce qui me fend le cœur, c'est de savoir que je vais laisser mon petit derrière moi. Ce qui me console, c'est l'idée que bientôt, je rejoindrai ma douce Alice dans un monde meilleur. J'aurais cependant voulu voir mon pays libéré du joug nazi avant de partir...

Aux aurores, ils sont venus nous chercher. Quatre hommes en armes nous ont escortés jusqu'à un officier. À ses côtés, un SS nous toise d'un regard haineux. Celui-ci n'a d'allemand que l'uniforme, c'est un français, comme nous. Certainement un « bon français » selon les critères maréchalistes, une ordure de la pire espèce selon les nôtres. L'appel commençe, accompagné d'un rituel lugubre. Pour chaque nom cité, l'allemand raye celui-ci de son registre. Nous nous regardons furtivement, tout le monde a compris ce que cela signifie. Administrativement parlant, nous cessons, l'un après l'autre, d'exister. Une fois égrené le chapelet de nos quatorze noms, on nous ordonne de nous déshabiller, puis on nous arrache tout ce qui pourrait permettre de nous identifier, plaques d'identité, symboles religieux, dentiers, lunettes. Mon alliance aussi m'est retirée, dernière trace matérielle de ce que fut mon mariage trop court. Une pensée traverse mon esprit : quelle vie ai-je eue ? Combien de temps, sur ces quelques années, ai-je pu consacrer à aimer ma femme et mon fils ? Trop peu. Quelle ironie de mourir à vingt-six ans, par un si beau jour d'automne. J'aperçois, au travers des barreaux d'une fenêtre, les arbres aux feuilles roussies que le vent fait voleter, le ciel bleu que je ne reverrai plus jamais... Comble du bon goût allemand, les notes d'une valse joyeuse émanent d'une pièce voisine. Quelle macabre comédie ! On nous jette chemises et pantalons anonymes que l'on nous somme d'enfiler tandis qu'un garde hurle « schnell, schnell », puis on nous fait grimper dans un camion bâché qui stationne dans la cour de la caserne. Où sont les autres ? Nous n'en savons rien.

Nous nous regardons silencieuse-
ment. Certains pleurent comme des
gamins tandis que d'autres prient.
Nous quittons la caserne pour enta-
mer la descente des Glacis. Dehors,
je perçois le chant des oiseaux, im-
passibles témoins de la barbarie en
marche. Au loin, des canonnades ré-
sonnent. Comme dit la chanson,
puisque nous tombons, d'autres sor-
tiront de l'ombre à nos places... Et
vaincront ! Il ne saurait en être autrement, que nous ne crevions pas
inutilement... Dans un sursaut d'ultime révolte, je commence à fredon-
ner le chant des partisans, bientôt
suivi par quelques-uns de mes compagnons. Après avoir traversé la Sa-
voureuse, nous quittons Belfort par
le Sud-Ouest.

Je reconnais ce qui me semble être
la route d'Héricourt. Où donc nous
emmènent-ils ? Pourquoi ne pas
avoir formé un peloton d'exécution
dans la cour de la caserne ? Pour

laisser le moins de traces possible ? Ces assassins cherchent à dissimuler leurs exactions, c'est la seule explication ! Une sueur glacée coule dans mon dos tandis que les pulsations du sang dans mes veines vrillent mes tempes. Mon cœur bat à tout rompre dans ma poitrine, comme si lui aussi se révoltait de bientôt devoir rendre les armes. Mon corps est tétanisé, mes muscles sont douloureux à force de se crisper sur ce qui leur reste de vie.

Seul le ronronnement du moteur brise le silence de mort qui règne maintenant dans le convoi. Il nous berce, nous prépare pour le repos éternel... Je fais le point, mentalement, de toutes les choses que je n'ai pas eu le temps d'accomplir, elles sont si nombreuses ! Je pense à ma mère que je n'ai pas embrassée depuis des semaines, à mon fils - si petit - que je ne verrai pas grandir... Au moins aura-t-il la fierté de la bravoure de son père, piètre consolation pour une enfance saccagée par la folie humaine.

Je suis tiré de mes réflexions par un brusque ralentissement, suivi d'un changement de direction. Le véhicule quitte la route pour s'engager dans un chemin secondaire, à travers champ. Après avoir longé la lisière d'un bois, il s'immobilise. Quatre soldats allemands sautent du véhicule, armés de mitrailleuses qu'ils vont installer un peu plus loin, tandis qu'une voiture de tourisme se gare. En sortent tranquillement l'officier allemand qui a réalisé peu avant notre levée d'écrou, suivi par le traître SS. Celui-là, je ne donne pas cher de sa peau le jour de la victoire ! Comme j'aimerais le tuer de mes propres mains, histoire de lui faire payer le prix de ses infamies.

Un à un, mes compagnons descendent du camion, font quelques pas avant d'être fauchés par des rafales, dont l'écho sinistre n'en finit pas de se répercuter dans la campagne. Ils ont bien fait les choses, les corps tombent dans une fosse déjà ouverte, pas de manutention inutile ! Je reconnais bien là l'ordre germanique... Mon tour arrive, je suis d'une sérénité que je n'aurais pas soupçonnée. La tête haute, j'avance vers mon destin, ne résistant pas à l'ultime provocation de cracher en direction des deux témoins de nos assassinats. Vive la F...

Peu après, les soldats rebouchèrent la fosse avant de quitter les lieux.

La paix et la nature reprirent leurs droits dans la forêt de Banvillars. Quarante-deux jours plus tard, les forces françaises de l'armée De Lattre libéraient Belfort de l'occupation allemande. Un vent de liberté rendait le sourire aux habitants et le drapeau tricolore orné de la croix de Lorraine était déployé entre la forteresse et le lion de Bartholdi. Jour après jour, on n'en finissait pas de découvrir un peu partout, des charniers contenant des corps de résistants suppliciés. C'est le 6 décembre 1944 que fut mis à jour celui de Banvillars. On y découvrit vingt-sept corps anonymes. La nouvelle parvint jusqu'à Plancher-Bas. Louise, dont le fils avait disparu, s'empressa de faire comme toutes les femmes qui recherchaient un mari, un fils. Elle se précipita sur place. C'est ainsi qu'elle put identifier le corps de son fils Roger, membre du maquis de la Haute-Planche, désormais officiellement déclaré « Mort pour la France ».

Des circonstances du drame qui c'était joué dans ce coin perdu de Haute-Saône personne n'aurait jamais rien su si, un beau jour de mai 1945, n'était revenu de Dachau le chanoine Pierre, curé-doyen de Giro-

magny, seul rescapé du groupe de prisonniers.

La légende de Saint-Martin

La vie était rude en ces contrées sauvages. Le paysage était à l'image des hommes qui le peuplaient. Un vaste plateau recouvert de lande, creusé de nombreuses tourbières. Des lacs aux eaux sombres et profondes constituaient à la fois sa richesse et son mystère. On ne comptait plus les légendes les concernant. Un tel avait vu disparaître une jeune fille dans la fleur de l'âge, un autre abritait la vouivre, ce monstre, mi-femme, mi-dragon, que tous rêvaient de voir, malgré la crainte qu'ils en avaient.

Pour ces gens de la terre, la vie s'écoulait au rythme des saisons. Leur labeur était dur et ingrat. À part quelques notables, la majorité vivait chichement, pour ne pas dire miséra-blement. Les cultures étaient bien maigres, dans cette terre trop acide pour être généreuse... Restait l'élevage. Mais chacun connaissait trop la valeur d'un lapin ou d'une douzaine d'œufs pour se risquer à les manger... Non, mieux valait les vendre à la ville ! Ça permettait au moins d'acheter ce que l'on ne pouvait produire soi-même.

C'est dans ce pays de braconne que vivait Jacotte. Du haut de ses seize ans, elle menait d'une main de fer son troupeau de chèvres, qu'elle emmenait paître chaque jour dans la lande. Chaque matin à l'aurore, elle passait à son cou une cordelette munie d'un petit sac de jute. Elle ne savait ce qu'il renfermait, mais sa mère lui avait bien recommandé de ne jamais s'aventurer sur le plateau sans l'avoir sur elle, faute de quoi les esprits malins s'empareraient d'elle et elle serait perdue. Le chemin était long, depuis le Brigandoux... Il lui fallait emprunter des chemins sinueux, pour rejoindre enfin l'endroit magique où elle passait ses journées...Saint-Martin !

Qui n'a pas vu Saint-Martin ne peut comprendre que Jacotte ait été fascinée par cet endroit ! Imaginez un éperon rocheux, surplombant toute la vallée, majestueusement. Une vue à couper le souffle. Lorsqu'elle était là, elle ne faisait plus qu'un avec Dieu, qu'elle priait avec ferveur dans la petite chapelle isolée, ses chèvres batifolant alentour. Mais pour y arriver, que de périls ne fallait-il pas affronter ! À commencer par ce sentier, serpentant au milieu des étangs… Le diable y vivait, avait-elle entendu dire une fois dans une conversation. Tout le monde parlait à mots couverts, d'une femme qui s'était égarée dans la lande, et qu'on l'on avait retrouvée nue, hurlant dans une langue inconnue, se tordant au sol comme si les flammes de l'enfer l'avaient consumée. Monsieur le Curé, appelé à la rescousse, s'était vite déclaré impuissant… Belzébuth avait pris possession de cette femme, rien n'avait pu l'en déloger.

L'Église avait tenu concile, à la demande des seigneurs locaux. Comme il était courant à cette époque, un procès avait eu lieu, et la malheureuse avait été condamnée au bûcher. C'était alors pratique courante... Les histoires que l'on se racontait le soir à la veillée, regorgeaient d'évènements de ce genre. Qui avait vu, qui avait entendu dire... Le diable était dans telle maison, et les messes noires dont on parlait à demi-mots, et les sorcières dont on se méfiait...

Jacotte le savait... Jamais elle n'aurait dû venir en ce lieu, seule. C'est en procession que les habitants du plateau se rendaient à Saint-Martin, ou pour enterrer leurs morts. La chapelle avait d'ailleurs été érigée pour tenter de conjurer le sort qui touchait le lieu. Et puis, quelle plus belle offrande au Seigneur, que cette vue grandiose... Pour sûr, le diable n'avait qu'à bien se tenir ! Cependant, quelques disparitions inexpliquées avaient rapidement terni cet espoir. Les eaux noires des étangs étaient redevenues la terreur des gens du plateau, et la chapelle avait rapidement été désertée.

Mais elle se sentait bien ici, Jacotte... En paix avec elle-même, loin des moqueries de jeunes de son âge. Il faut dire qu'elle était gironde... Des mollets tout ronds, une peau de pêche, des joues rougies par le grand air... Elle promettait d'être une femme appétissante ! Pas comme ses épouvantails sans forme que l'on croisait parfois, desséchées comme des fagots de mauvais genêt. Tout en elle était rondeur, et inspirait le désir... Ses grands yeux noirs offraient un regard franc, voire moqueur, à qui voulait le soutenir. Et le moins que l'on puisse dire, c'est qu'elle n'avait pas la langue dans sa poche la Jacotte ! Elle savait les remettre à leur place tous ces prétendants, pressés de cueillir sa fleur sans pour autant songer à son honneur. Ils repartaient généralement la joue égratignée d'une belle balafre rouge... C'est qu'elle y tenait à son honneur Jacotte !

Entre deux rêveries, elle récoltait quelques herbes sauvages dont sa mère préparerait des tisanes, posait quelques collets, cueillait - selon les saisons - des fruits sauvages ou des champignons, puis s'installait pour quelques songes. C'est ainsi qu'elle fit sa première rencontre avec Lui !

Il se tenait là, devant elle, droit et fier. Il était différent des hommes que l'on pouvait voir dans ces contrées, vêtu richement, mais différemment encore des notables du plateau. Il ne ressemblait à rien de ce qu'elle connaissait. Son regard perçant la détaillait lentement, lui mettant immédiatement le feu aux joues. Bizarrement, elle était sans voix, elle qui d'habitude raillait vertement tout le monde. Il était grand... Immense même. Une stature imposante, un air grave, et une voix... Son corps avait été envahi de frissons lorsqu'il lui avait enfin parlé. Oh ! Il n'avait pas dit grand-chose, juste qu'il lui souhaitait la bienvenue dans son domaine... « Son domaine... » Voilà qui l'avait interpellée. Elle n'avait jamais entendu dire que cet endroit appartint à quelqu'un. « Viens ici autant qu'il te plaira » avait-il dit d'une voix grave. « Tu seras toujours la bienvenue. J'aime la compagnie, et j'en ai fort peu ! Surtout d'aussi belle allure », avait-il ajouté d'un ton amusé.

Ce jour-là, toute fière qu'elle était, elle avait pris ses jambes à son cou, rassemblé ses chèvres, et était partie en courant, comme si le diable avait été à ses trousses. C'est alors qu'elle avait trébuché dans le mauvais chemin, puis chuté dans les eaux noires de l'étang qui le bordait. Elle s'était débattue, avait suffoqué, s'était sentie couler lentement... Puis plus rien. À coup sûr, elle était morte. Elle s'était réveillée grelottante, nue, allongée devant une cheminée dans laquelle crépitait une belle flambée.

— Alors ma belle enfant, comme ça je t'ai fait peur ?

L'inconnu était devant elle, debout. Il la toisait d'un air ironique. Une lueur qu'elle ne connaissait pas illuminait ses yeux…

— Où sont mes chèvres ? Parvint-elle à demander d'une voix faible

— N'aie crainte, elles sont en sûreté... Tout comme toi ! Je me suis permis de te dévêtir, pour ne pas que tu attrapes la mort. Je vais te frictionner pour hâter ton réchauffement. Non, non, j'ai dit... Obéis !

Sans lui laisser le temps de dire quoi que ce soit, il s'approcha, et frotta le corps de la jeune fille d'une toile de métis rêche mais chaude. Les bras d'abord, puis les jambes. Doucement, il entreprit les mêmes frottements sur la poitrine. Jacotte ne put s'empêcher de gémir sous la douce morsure de l'étoffe sur sa chair tendre.

— Debout ! ordonna-t-il, tout en lui tendant la main pour l'aider.

Se plaçant derrière elle, il lui frotta le dos, jusqu'à ce que la peau soit d'un beau rouge vif.

— Voilà qui est mieux ! Tu sembles avoir retrouvé quelque vigueur, dit-il tout en posant son regard sur les tétons insolemment tendus. Sais-tu que tu es très belle ? Un vrai régal pour les yeux...

Joignant le geste à la parole, il posa sa main sur le sein droit de la jeune fille, étrangement paralysée par le regard noir qui la fixait. La jeune fille était totalement bouleversée. Oh ! Elle n'avait plus peur, mais ressentait des choses qu'elle ne connaissait pas. Pourquoi ne l'avait-elle pas égratigné comme les autres ? Elle ne le savait pas. C'est comme si elle n'avait, d'un coup, plus aucune volonté ! Et cette chaleur qui l'avait envahie... et qui n'était pas due qu'aux frottements du tissu sur sa chair dénudée. Elle regardait la flambée, et se sentait comme cette bûche. Elle était en train de se consumer d'un feu étrange. Ses seins lui faisaient mal à force de se tendre, à la rencontre des doigts du mystérieux inconnu.

C'est à cet instant précis qu'elle se rendit compte qu'elle avait perdu l'amulette qu'elle portait en permanence à son cou. Elle blêmit d'un coup, et fut prise de tremblements.

— Que se passe-t-il ? demanda-t-il.

— Eh bien... C'est que... J'ai perdu mon amulette ! Celle qui me protège des mauvais esprits ! balbutia-t-elle, yeux baissés.

L'homme partit d'un rire tonitruant.

— Tu ne vas pas me dire que tu crois à ces sornettes ? Les mauvais esprits ? Quels mauvais esprits ? Et pourquoi pas le diable tant que tu y es ! Ai-je l'air de Belzébuth ? Hein ! Regarde-moi quand je te parle !

— C'est-à-dire que... non... enfin si ! Les mauvais esprits existent, je l'ai entendu. Des filles ont disparu sur le plateau, sans qu'on les ait jamais retrouvées. Et puis toutes ces sorcières qu'on a brûlées vives...

— Balivernes que tout cela. Les gens d'ici n'évolueront-ils donc jamais ! Si tu me fais confiance, je te ferai accéder au savoir... Celui qui rend libre. Je veux faire de toi une femme libre... De tes pensées, de ton corps, de ta vie. Qu'en dis-tu ?

— Libre ? Mais qu'est-ce que c'est la liberté ? Je dois garder mes chèvres, aider mes parents, trouver un bon mari, voilà ce que doit être ma vie. Et puis, je ne vous connais pas ! Qui me dit que je peux vous faire confiance ?

— Réfléchis bien... Je t'offre quelque chose d'unique, parce que tu n'es pas comme les autres. Je te laisse jusqu'à demain pour me donner une réponse. Mais je sais déjà que tu sauras faire le bon choix.

Il lui tendit ses hardes qu'il avait mises à sécher près du feu et la laissa se vêtir.

— N'oublie pas... Je viendrai chercher ta réponse demain, à Saint-Martin ! Ta vie va changer ma belle enfant. Tu retrouveras ton chemin facilement, tu n'auras qu'à suivre la buse, elle t'indiquera ta route.

Puis il disparut d'un coup, la laissant seule dans la pièce, surprise mais finalement pas tellement inquiète.

Lorsqu'elle sortit, un cri d'oiseau attira son attention. Elle était là cette buse majestueuse, planant dans le ciel d'azur. Confiante, Jacotte décida de la suivre...

Elle était rentrée tard ce jour-là. Aux questions que ses parents ne manquèrent pas de poser, elle répondit de façon évasive, qu'elle avait perdu une chèvre et avait dû la chercher, ce qui sembla calmer un peu leurs doutes. Comme l'inconnu le lui avait dit, l'oiseau l'avait ramenée sur sa route, et avait décrit des cercles avant de disparaître, comme pour lui dire au revoir... Oui, au revoir et pas adieu... Quelque chose lui disait qu'ils seraient amenés à se retrouver souvent. Jacotte avait bien réfléchi à ce que l'inconnu lui avait proposé. Elle n'était pas capone, et si les rumeurs qui circulaient sur le plateau l'effrayaient, elle avait été impressionnée par la sérénité de l'homme. Il se dégageait de lui une telle force, un tel calme, qu'elle ne pouvait qu'avoir confiance...

***

Lorsqu'elle arriva à Saint-Martin le lendemain matin, elle remarqua immédiatement la buse qui décrivait des cercles dans le ciel d'azur, avant de venir se poser doucement sur la croix de la chapelle. Jacotte la salua de la main, puis s'installa comme à son habitude. Sans qu'elle entendît quoi que ce fût, Il était là.

— Bonjour belle enfant... As-tu la réponse à ma question ? demanda l'homme d'une voix douce.

Jacotte leva le regard vers Lui, se noyant dans les eaux noires de ses yeux et répondit calmement.

— Je crois qu'oui Monsieur... Je pense que je peux vous faire confiance.

— Je le savais... Je lis en toi comme en un livre ouvert ! Crois-moi, tu ne le regretteras pas. Le savoir que je veux te transmettre n'a pas de prix. Non seulement il te rendra libre, mais fera de toi une femme de pouvoir. Mais avant toute chose, il faut que je te dise qui je suis... C'est une très longue histoire...

Il s'installa dans l'herbe, aux côtés de Jacotte, et entreprit de lui raconter sa vie. Il était né d'une famille noble du plateau il y avait de cela bien longtemps... La vie qui lui était destinée ne l'intéressait pas. Il avait rejeté violemment d'ailleurs, l'idée de rentrer dans les ordres. Lui, passionné de sciences, refusait de rejoindre ce qu'il considérait comme le clan de l'obscurantisme. Autant dire que ce refus ne fut pas sans conséquence. Sa famille le rejeta, lui allouant une pension digne de son rang, mais l'éloignant du mieux qu'elle put. Il s'était donc installé dans une grosse maison bourgeoise, de l'autre côté de la Lande. C'est là qu'il décida de se consacrer à sa passion... La recherche scientifique. Tout le passionnait, les étoiles, les plantes, la faune ... Il fut bientôt reconnu pour mettre au point des remèdes qui semblaient faire des miracles pour certaines maladies. Ses infusions d'écorce de saule et de reine des prés soulageaient les fièvres et les douleurs. Mais surtout ses mains possédaient un don rare... Celui de guérir ! Combien de fois avait-il « barré » le feu d'une brûlure, remis un membre déplacé, que ce soit sur les hommes ou sur les bêtes. Les paysans venaient le voir de loin, mais toujours avec crainte... C'est qu'il circulait à son sujet de méchantes rumeurs. On le disait alchimiste, certains parlaient de messes noires qui se déroulaient soi-disant les nuits de pleine lune dans la demeure cossue. Bientôt, on ne parla plus de lui qu'en l'appelant « le sorcier de la lande. » Mais il s'en moquait ! Son esprit était comblé par la vie qu'il menait, la solitude ne lui pesait même pas. Jusqu'au jour où une jeune fille lui fut amenée.

Elle souffrait d'étranges crises de convulsions. Régulièrement, son corps se tétanisait, ses yeux se révulsaient, sa bouche écumait... Ses parents la lui avaient amenée en désespoir de cause, personne ne pouvant rien pour elle. Quatre jours et trois nuits, il avait travaillé sur elle, par apposition des mains, mais aussi en lui faisant boire des décoctions de sa préparation. Au quatrième jour, son état s'était sensiblement amélioré. Elle était belle comme le jour, de longs cheveux blonds encadrant un visage d'ange. Clothilde, tel était son nom. Il en était tombé éperdument amoureux. Pour elle, il se jeta à corps perdu dans la recherche d'un moyen de libérer sa belle du mal sournois qui la rongeait. Il passait ses nuits à déchiffrer de vieux grimoires et ses journées à courir la lande, à la quête des ingrédients nécessaires à ses préparations, sourd aux rumeurs qui enflaient de plus en plus.

Tout le plateau ne parlait plus que de cela... Qu'il joue au guérisseur passait encore, mais qu'il consacrât tout son temps à une possédée du démon, voilà qui ne convenait plus du tout à personne. Des villageois avaient rapporté cela à Monsieur le Curé, qui était allé voir de suite le Seigneur. Que faire ? Il ne s'agissait pas là d'un manant que l'on aurait pu brûler vif sans autre forme de procès, mais d'un noble... Il fut convenu de se rassembler en concile rapidement. Il en allait de la crédibilité des notables...

Deux jours plus tard, la belle Clothilde et Sire Geoffroy furent arrêtés et enfermés dans les sous-sols du château. Elle fut passée à la question dans la semaine, comme il était de coutume dans ce genre d'affaire. Pour lui, point de décision, son nom le protégeait encore un temps. Durant quatre jours, elle fut entendue, questionnée, torturée de la façon la plus abominable qu'il pouvait être. Elle subit le supplice du chevalet, attachée, fouettée jusqu'au sang. Les brodequins broyèrent les os de ses jambes impitoyablement... Elle n'était plus que souffrances. À bout de force, elle finit par avouer ce que l'on attendait d'elle. Oui, elle était possédée du diable ! Oui, elle avait assisté à des messes noires dans la demeure de Sire Geoffroy ! Ce qu'elle ignorait la pauvrette, c'était le sort qui lui était réservé, mais le présent était-il plus enviable ?

Lorsqu'on lui apprit la nouvelle, il avait hurlé de douleur du fond de sa geôle. Comment avaient-ils pu oser ? Peu lui importait ce qu'il adviendrait de lui, il s'en moquait. Sans elle, il ne voulait plus vivre de toute façon.

Son procès eut lieu le lendemain. Il n'était plus question de prendre de précautions, puisque sa « complice » l'avait dénoncé comme partisan de Satan ! Ce ne fut que pure formalité. Ils furent condamnés au bûcher et la sentence serait exécutée le dimanche suivant, après la sainte messe, sur la place du village.

— Assassins ! Je vous maudis tous, vous et votre descendance ! Vous ne serez jamais en paix... Croyez-moi ! Je vous maudis ! avait-il hurlé tandis qu'on le tirait hors de la salle d'audience pour le ramener en cellule.

Les deux bûchers se faisaient face sur la place. Tout le plateau était venu assister à la messe, comme il convenait de le faire. Clothilde était solidement attachée au poteau, inconsciente. Bienheureuse absence qui finalement lui épargnerait de se voir mourir...

Sire Geoffroy quant à lui était en face, lucide quant à leur sort commun. Il n'espérait qu'une chose, partir avec sa bien-aimée. Mais leurs bourreaux en avaient décidé autrement. C'est le bûcher de Clothilde qui fut allumé le premier... Il ne leur suffisait pas de se conduire en bêtes, encore fallait-il qu'ils en rajoutassent dans le raffinement du supplice. La dernière chose qu'il lui avait donc été donné de voir sur cette terre, avait été la mort de sa douce Clothilde. Les hurlements de la malheureuse subitement revenue à elle déchirèrent ses oreilles. Jamais il n'aurait cru possible une telle souffrance, une telle horreur. Et cette odeur de chair carbonisée… Une dernière fois il lança sa malédiction sur la foule alentours...

— ASSASSINS !!! JE VOUS MAUDIS TOUS, JUSQU'AU DERNIER !!! avait-il hurlé, avant que le feu eut raison de lui également.

Lorsque son corps s'embrasa, une buse tournoya dans le ciel, semblant défier la fumée et les hommes. La foule était à genoux, priant et remerciant Dieu de l'avoir délivrée du démon...

***

Jacotte l'avait écouté sans l'interrompre, mais le dévisageait maintenant avec incrédulité.

— Mais alors, Monsieur... enfin Messire, vous êtes... m... enfin je veux dire...

— Mort ? Oui, tout ce qu'il y a de plus mort... Depuis cent cinquante ans. Seule mon âme a survécu à mon supplice, et erre depuis tout ce temps. Je me manifeste aux hommes sous forme d'oiseau, attendant celle qui me délivrera, et me permettra de trouver le repos.

— Et... Ce serait moi ?

— Ma foi, il semblerait que oui... Tu sembles prête à cela en tout cas. Je vais faire de toi ma disciple, te transmettre tout ce que je sais. À l'issue de cette initiation, tu auras entre tes mains un grand pouvoir... Mais aussi une tâche importante : réhabiliter ma mémoire. Te sens-tu à la hauteur de cette tâche ?

C'est ainsi que durant deux années, Sire Geoffroy prit en charge l'éducation de Jacotte. Si elle était une paysanne, elle n'en était pas sotte pour autant, et montrait même des dispositions étonnantes pour les sciences. Elle connaissait déjà beaucoup de choses, comme les plantes qui soignent ou tuent, l'influence de la lune sur les gens et les bêtes... Surtout, elle était une élève appliquée et curieuse. En quelques semaines elle sut lire et écrire, et dévora alors les livres que son Maître lui proposait.

— Te voilà lettrée maintenant, mais ça n'est pas suffisant pour faire de toi une femme d'influence. Tu dois apprendre à jouer des différents pouvoirs que tu peux avoir sur les autres.

—   Qu'entendez-vous   par-là, Maître ? Quel pouvoir pourrais-je bien avoir jamais, et sur qui donc ? À part mon troupeau...

— Jacotte, le plus grand pouvoir des femmes s'exerce sur les hommes...

Vous avez, vous autres femmes, des atouts bien supérieurs à ce que nous ne posséderons jamais. Comprendre les méandres de l'âme d'un homme et de son désir t'aidera à devenir une amante redoutable, qui pourra obtenir ce qu'elle veut. Tu auras alors en main ton destin, mais aussi bien plus que cela. Tu détiendras le seul et l'unique Pouvoir.

La jeune fille frémit en entendant ces mots. Oh ! Elle avait changé depuis leur rencontre, elle n'était plus la jeune bergère sauvage... Certes, bergère elle l'était toujours, il fallait bien justifier ses escapades dans la lande des journées durant, car si ses parents avaient su quel était le but, nul doute qu'ils ne l'eussent enfermée ou envoyée dans un couvent quelconque. Elle était devenue une superbe jeune femme, resplendissant la santé et la joie de vivre. À dix-sept ans, elle se découvrait un appétit de vivre et une soif d'apprendre qui ne lassaient de la surprendre.

Elle devait tellement à Sire Geoffroy qu'elle se serait sacrifiée sur-le-champ pour lui. Quant à lui, il était subjugué par la beauté sauvage de sa protégée. Elle était aussi brune et solide que Clothilde avait été blonde et fragile. Son opposé en quelque sorte. Et pourtant, elle le troublait tout autant, mais de manière différente. Avec Clothilde, il avait été le protecteur. Il aurait voulu être le sauveur mais il avait échoué. Là il était le mentor, le guide. Il allait la façonner, comme un sculpteur façonne sa glaise pour en faire une œuvre d'art. Il sentait en elle une force hors du commun, prometteuse des grands destins. Et la détermination du regard d'ébène de la jeune femme n'était pas pour le contredire. Avec les hommes, les choses n'avaient pas beaucoup changé... Elle avait toujours la griffe féroce et la langue bien pendue ! Malheur aux effrontés qui osaient l'approcher d'un peu trop près... Il faut dire que sa réputation farouche lui rendait grand service. Sans elle, ses parents ne l'auraient jamais laissée seule. Pensez donc, à son âge... Beaucoup étaient déjà mariées ! Mais cette vie-là ne l'intéressait pas...

Le plus long fut de lui faire prendre conscience de sa féminité et du pouvoir qu'elle lui conférait. Jusque-là, être une fille était plutôt une tare pour elle. Il faut dire que dans les milieux paysans, un gars était mieux accueilli dans les familles. C'était des bras assurés pour la ferme, celui qui la reprendrait à la mort du père, alors qu'une fille... Il fallait lui constituer une dot ! Et Jacotte avait déjà trois sœurs aînées, et trois plus jeunes... Son seul frère était mort en bas âge de fièvres méconnues. Ses parents n'avaient d'ailleurs pas manqué de prendre cela comme une punition divine. Pourquoi Dieu n'avait-il pas pris l'une de leurs filles, plutôt que ce petit gars tant attendu ?

Pour la première fois de sa vie, quelqu'un lui disait qu'elle était une femme et que c'était non seulement un privilège, mais aussi un atout pour son avenir. Elle se sentait enfin belle, reconnue pour elle-même. C'est le cœur battant et les yeux brillants qu'elle attendait tous les jours, assise devant la chapelle, l'arrivée du bel oiseau. Nul doute, elle aimait cet homme... Elle le désirait du plus profond d'elle-même. Pour lui, elle était prête à tout. Non point par reconnaissance ! Il lui avait appris que la bonté ne se paie pas. Pour la première fois, quelqu'un lui avait enseigné ce qu'était le DON absolu, totalement désintéressé. Enfin, si tant est que l'on puisse considérer que le repos d'une âme n'est pas une monnaie d'échange, bien sûr...

— Mon Maître, je veux être à vous. Totalement ! lui avait-elle balbutié un jour, à l'issue d'une conversation riche sur les valeurs du monde.

Sire Geoffroy avait frémi à ces mots, lui qui contenait depuis bien trop longtemps ce qu'il ressentait pour elle. En avait-il seulement le droit ? Comment un esprit désincarné comme lui pouvait-il aimer, charnellement, une femme ?

Doucement, il l'avait effleurée. D'abord la joue, puis le cou gracile, le sein rond et orgueilleusement tendu. Sa caresse glacée provoqua des frissons sur la peau de la jeune femme. Elle était devant lui, offerte, les yeux clos, savourant chaque sensation comme si c'était la dernière. Délicatement il défit sa camisole, son jupon, rejetant un à un les pauvres vêtements. Telle une Vénus sculpturale, elle rayonnait dans l'insolente beauté de sa jeunesse, la masse de ses cheveux sombres tranchant sur sa peau d'albâtre.

— Que tu es belle... Trop belle ! Que puis-je t'apporter, moi qui ne suis même plus un homme ?

Jacotte s'approcha de lui, jusqu'à le toucher. Elle ressentit le froid, comme à chaque fois qu'elle était trop près... Mais elle aimait cette sensation. Elle était la preuve qu'il pouvait lui faire ressentir quelque chose.

— Regardez Maître, je vous touche, je vous caresse, je vous embrasse... Et ce faisant, ses lèvres se posèrent sur celles glacées de Sire Geoffroy, provoquant en elle un embrasement imprévu. Son ventre brûlait d'un feu inconnu, mais elle s'en moquait. Elle le voulait comme elle n'avait jamais voulu quelqu'un avant lui. Se jetant à ses pieds, elle l'implorait...

— Je suis à vous Maître... Ne me laissez pas comme cela, je vous en prie ! Je ferai ce que vous voudrez, mais aimez-moi...

Il la releva, la prit dans ses bras et l'emporta dans la grande maison de la lande. Un feu crépitait dans l'immense cheminée de la salle commune. C'est là qu'il la déposa, sur un tapis moelleux, à même le sol.

— Tu veux toujours être mienne ? Mais sais-tu seulement ce que cela implique ? Je ne suis plus un homme, mais un esprit... Je ne peux t'aimer de façon conventionnelle. Es-tu prête à affronter l'extraordinaire ?

— Oui Maître... Si c'est le seul moyen d'être à vous j'y suis prête. Je vous aime, répondit la jeune femme, en le regardant droit dans les yeux.

— Très bien. Sache que je t'aime aussi, autant qu'un esprit peut aimer une femme. Je vais te bander les yeux. Tu devras me faire confiance, et me suivre dans les abîmes de mes désirs. Tu le veux toujours ?

— Oui, murmura-t-elle dans un souffle.

— Tu es à moi et je t'aime... N'oublie jamais cela mon amour. Je vais t'apprendre tout ce qu'aucun autre ne pourra jamais t'apprendre. Le plaisir absolu.

****

Les années passèrent. A vingt-trois ans, Jacotte était devenue une jeune femme pleine d'assurance et d'une beauté mystique... Le temps avait fait son œuvre et avait permis à la larve qu'elle était alors de se transformer en chrysalide puis aujourd'hui, en un magnifique papillon.

— Ma belle, il est temps désormais de faire ton entrée dans le « monde ». Demain soir, tu seras une autre femme. L'une de celles à qui tout est permis, à qui l'on ne peut rien refuser.

Pour l'occasion, tu devras te soumettre à un rituel particulier, que je prépare minutieusement depuis longtemps. Je vais t'expliquer.

Sire Geoffroy lui parla longuement, et elle l'écouta religieusement, assise à ses pieds, buvant chacune de ses paroles. Elle avait toujours su qu'elle pouvait avoir une confiance totale en lui, et aujourd'hui encore, elle acceptait sans condition ce qu'il avait prévu pour elle, même si elle frémissait sous ses mots. Ils parlèrent ainsi jusque très tard dans la nuit, conscients l'un et l'autre de l'importance de ce qui allait se jouer.

À l'aube, il vint la chercher, portant sur son bras une longue robe de velours d'un rouge foncé, richement brodée, qu'il posa délicatement sur le lit. Des bottines lacées noires l'accompagnaient. S'approchant de la belle endormie, il la regarda longuement. Il était toujours ému devant la fragilité de sa nuque dégagée, devant la pureté de ses traits que le sommeil apaisait. Il y a longtemps, il avait trouvé une pierre brute et au fil des années il avait su dégager de la gangue un brillant de la plus grande pureté. Il lui restait aujourd'hui à lui donner son éclat final. Son souffle glacé fit frémir la peau nacrée.

— Es-tu prête pour l'épreuve qui t'attend ? demanda-il, en repoussant une mèche folle collée sur la joue de la belle.

Ouvrant des yeux encore embués de sommeil, elle lui sourit en murmurant un « oui » à peine audible. Elle prit la main qu'il lui tendait, et le suivit sans discuter plus avant. Dans la pièce contiguë à la chambre, les bûches crépitaient dans la cheminée, tandis que trônait au centre, un immense baquet fumant duquel s'exhalaient des parfums fleuris et épicés.

Doucement, Sire Geoffroy fit glisser la chemise de baptiste sur la peau douce et frémissante de la jeune femme.

— La première étape de ta renaissance passe par la purification. Non que tu sois souillée ma jolie, rassure-toi. Mais tu dois laisser dans cette eau tout ce qui a constitué ta vie pour en ressortir vierge de tout passé.

Doucement, mais fermement, il l'aida à s'installer dans le bain parfumé.

— Mon rôle s'arrête là pour le moment, je te laisse en des mains plus expertes, ma douce. Il est des choses que seules les femmes savent faire...
»

Deux jeunes servantes venaient d'entrer dans la pièce, les bras chargés de linges qu'elles mirent devant la cheminée afin qu'ils se réchauffent. Les trois femmes étaient désormais seules.

— Madame, Sire Geoffroy nous a engagées pour vous servir, dit la plus hardie. Je m'appelle Ninon, et voici ma cousine Bertrande.

Jacotte les regarda en souriant. Blonde et potelée était Ninon, tandis que Bertrande avait une chevelure d'un roux flamboyant et une peau de lait. Tellement différentes l'une de l'autre que l'on avait peine à les croire cousines.

Lascivement, elle se soumit aux mains expertes des deux jeunes femmes. Brossée, lavée, puis séchée, elle était désormais debout devant la cheminée, nue comme au premier jour. Ninon revint, les bras chargés de flacons.

— Madame, il nous faut maintenant terminer notre travail. Le Maître vous veut parfaite. Allongez-vous ici, de-vant le feu, que nous puissions pour-suivre à notre aise. Il nous faut vous oindre maintenant.

Un épais tapis couvrait le sol, et Jacotte s'y allongea sans discuter. La chaleur du bois crépitant engourdissait son corps de volupté, et c'est en soupirant qu'elle ferma les yeux, pour mieux se laisser aller au bien-être.

Un filet parfumé coula entre les épaules de la jeune femme gémissante. Doucement, par effleurements, Ninon répartit l'huile sur les épaules, le dos et les reins de sa maîtresse, qu'elle entreprit de masser régulièrement, tandis que Bertrande opérait de la même façon sur les jambes. Un ballet infernal s'opérait sur la peau frémissante de la jeune femme, créant chez elle un état de trouble des plus délicieux.

Dans la chambre, les vêtements attendaient sur le lit. Bertrande prit la robe délicatement, et la déplia.

— Que vous allez être belle Madame, ainsi parée... Approchez que je vous la passe.

Elle allait à merveille. Le lourd tissu de velours rouge recouvrit la peau de nacre, et Bertrande entreprit de lacer le corset. « Bien serré » avait précisé le maître, aussi elle serra autant qu'elle pu, provoquant chez Jacotte quelques suffocations.

— Il faut souffrir pour être belle, Madame... Même si vous l'êtes déjà !

Le décolleté mettait admirablement en valeur la poitrine, tandis que le laçage serré faisait ressortir ses reins. La jupe ample s'évasait en corolle jusqu'au sol.

— Asseyez-vous, que l'on vous passe vos bas. Là...

Les mains expertes firent courir la fine soie sur les jambes offertes, jusqu'au haut des cuisses, sur lesquelles elles fixèrent les jarretières de dentelle. Ninon, dans un dernier élan, vint déposer un doux baiser sur la parcelle de peau nue, juste au-dessus...

— Et maintenant, les bottines... Regarde comme elles sont belles Bertrande !

D'un cuir noir très souple et très travaillé, elles fermaient par des œillets métalliques et avaient de hauts et fins talons. Le genre de chaussures que l'on ne voyait jamais dans cette contrée perdue.

— Vous voici prête Madame... Si vous voulez bien me suivre, je vais vous conduire à Monsieur, dit Ninon.

Jacotte eut quelque mal à trouver un équilibre, peu habituée qu'elle était aux talons hauts. Obéissante, elle suivit la jeune servante dans les couloirs de la demeure, sans savoir où elle pouvait bien l'emmener. C'est avec surprise qu'elle vit la jeune femme lui tendre une cape noire bordée de fourrure. Une calèche attendait dehors. Ninon aida sa maîtresse à y prendre place, et lui souhaita une bonne journée, avec un sourire malicieux.

Mais où l'emmenait-on ? Elle reconnut cependant, le chemin de Saint-Martin. En cette belle matinée de septembre, une brume enveloppait les étangs, nimbant les eaux noires d'un manteau de mystère. Ils allaient à la chapelle, à n'en pas douter. Un ciel bleu magnifique rajoutait au côté magique de l'aventure. Les feuilles rousses des arbres étaient un enchantement pour les yeux. Bientôt, la petite chapelle apparut sur son éperon rocheux. Jacotte était toujours gagnée par le même émerveillement quand elle la voyait et elle remerciait en silence Sire Geoffroy d'avoir choisi cet endroit pour la cérémonie qu'il lui réservait. N'était-ce pas là qu'ils s'étaient rencontrés ?

Le cocher arrêta la calèche, l'aida à descendre puis l'escorta jusqu'à la chapelle dont la porte était entrouverte. L'autel était recouvert d'un lourd drap de velours rouge sombre sur lequel étaient brodées des armoiries d'or. Jacotte identifia les armes de la famille de Sire Geoffroy. Des sièges avaient été disposés en demi-cercle devant, de lourds candélabres éclairaient l'édifice. Les rayons brûlants du soleil perçaient au travers des vitraux, ajoutant une part mystique à la scène.

— C'est ici que je vous laisse Madame, dit le cocher avant de partir.

Dehors, suivant la calèche qui partait, une buse plana majestueusement, avant de se poser sur la croix de pierre de l'édifice. L'heure de la renaissance était venue !

***

Nul besoin pour Jacotte de se retourner, elle sut d'emblée que Sire Geoffroy l'avait rejointe. Il se tenait dans l'entrée de l'édifice, droit et majestueux, comme à son habitude. D'un pas solennel, il s'avança vers elle, la détaillant d'un regard enflammé.

— Gente Dame, vous êtes tout simplement superbe. Tellement éloignée de la petite sauvageonne que j'ai découverte ici-même, il y a si longtemps. Je vais t'accompagner dans la sacristie où tu attendras que je vienne te chercher. Nos invités ne devraient pas tarder à arriver et je dois les accueillir comme il convient.

La prenant par la main, il lui fit franchir la petite porte derrière l'autel, et l'installa confortablement. Jacotte le regarda, droit dans les yeux, et lui murmura

— Messire, je vous aime. Comment pourrais-je jamais vous remercier de tout ce que vous avez fait pour moi ? Il me semble que je n'aurai jamais assez d'une vie pour le faire et…

Posant un doigt glacé sur les lèvres pourpres, Sire Geoffroy l'interrompit.

— Tu ne me dois rien. Ce qui est arrivé était écrit, seuls restent aujour-

d'hui à s'accomplir nos destins respec-
tifs.

Il déposa un baiser froid sur les lèvres offertes avant de quitter la minuscule pièce.

Dans la nef était arrivé un petit comité de personnes richement vêtues. Hommes et femmes mêlés parlaient à voix basse.

— Mes amis, je vous ai réunis ici en ce jour de l'an de grâce 1890, pour célébrer le baptême d'une personne chère à mon cœur. Je vous sais gré d'avoir répondu à mon invitation, afin de l'accueillir parmi nous. Prenez place je vous prie.

Tandis que l'assemblée s'installait, Sire Geoffroy posa un grimoire sur le pupitre de bois ouvragé, puis se para d'une étole pourpre.

— Bien, nous allons pouvoir commencer cette cérémonie, dit-il en se dirigeant vers la sacristie où l'attendait la jeune femme.

Elle apparut à son bras, resplendissante de fraîcheur et d'innocence. L'atmosphère de la chapelle était glaciale, mais il flottait dans l'air quelque chose de très particulier. Jacotte se sentit portée par un flux d'amour et de bonté qu'elle n'arriva pas à définir. Ou plutôt si… C'était exactement ce qu'elle avait ressenti lors de sa première rencontre avec Sire Geoffroy. Point d'ondes négatives ici, bien au contraire.

— Jacotte du Brigandoux, comparais-tu devant nous ce jour, libre de tout dogme et de tout engagement ? demanda Sire Geoffroy, grand Maître de cette cérémonie.

— Oui, Messire.

— Tu viens à nous aujourd'hui, recevoir le baptême qui fera de toi une femme libre. Es-tu consciente de ce que cela représente, non seulement pour toi, mais aussi pour la société dans laquelle tu vis ? Y es-tu prête ?

— Oui, Messire, j'espère être digne de ce rang et je suis prête à l'accepter.

— Bien. Agenouille-toi devant l'autel... Mes amis, prions maintenant pour accueillir cette âme pure parmi nous.

L'assemblée se mit aussitôt à psalmodier en latin, une longue litanie, dont le chant particulier berça Jacotte. Aux pieds de Sire Geoffroy, buste droit, elle se recueillait religieusement, les yeux clos.

— Telle l'enfant présenté devant les fonds baptismaux, tu dois être dépouillée de tout artifice. Se trouverait-il dans cette assemblée, une bonne âme pour défaire la baptisée ? demanda Sire Geoffroy.

Une femme approcha. Elle n'était plus très jeune, mais possédait une allure et un maintien de reine. Doucement, elle défit la robe et délaça le corset. La jeune femme apparut alors dans toute la blancheur de sa nudité, telle une madone païenne. Seuls ses bas de soie et ses chaussures la vêtaient encore.

Sire Geoffroy lui tendit la main pour la relever.

— Noble assemblée, nous faisons offrande à notre Sainte Mère Dame Nature de ce corps innocent et pur, afin qu'il soit sanctifié par ses éléments. Suis-moi.

Il l'emmena devant l'autel sur lequel il lui demanda de s'allonger.

— Ô ! Sainte Mère Nature, accueille en ton sein ton enfant. Permets-lui de s'élever dans l'amour de toi, dans le respect des autres et surtout le respect d'elle-même.

Prenant une poignée de terre sablonneuse dans une coupelle d'argent, il en saupoudra le corps offert en continuant de réciter.

— Par la terre d'où naît toute vie, fais que ce jeune corps soit à jamais fertile.

Puis, prenant l'un des cierges allumés, il continua.

— Par le feu, incendie ses sens, afin que jamais elle n'oublie l'essence même du plaisir, essence de toute vie.

Ce faisant, il inclina le cierge et laissa couler de longs filets de cire chaude sur le ventre de Jacotte, qui laissa ourdir des gémissements. L'assemblée priait toujours, dans un silence absolu et une atmosphère glaciale. Seules étaient vivantes, les flammes lumineuses des cierges éclairant la chapelle. Jacotte, toujours allongée semblait perdue dans un autre monde, les yeux embués de larmes d'émotion.

— Je suis fier de toi ma douce, lui murmura Sire Geoffroy. Il reste encore la dernière étape, mais pour cela, il nous faut sortir.

Il l'aida à se relever. Titubante, les jambes tremblantes, elle s'enroula dans la cape qu'il posa sur ses épaules.

— Mes sœurs, mes frères, je vous invite maintenant à la sanctification suprême. Celle de l'eau ! Veuillez nous suivre.

Ils formèrent une procession jusqu'aux eaux de l'étang noir, tout proche. Les convives formèrent un demi-cercle autour du couple. Sire Geoffroy dénoua la cape de Jacotte, avant d'entrer dans l'eau glacée jusqu'à mi-taille.

— Par cette eau, sanctifie celle qui se remet à toi. Baigne-là d'amour et de bonté, fais d'elle une femme neuve, dit-il en tendant la main à sa protégée.

Craintivement, la jeune femme entra dans les eaux froides, rejoignant son Maître.

— En ce lieu, ce jeudi 5 septembre de l'an de grâce 1890, Jacotte du Brigandoux a cessé de vivre, dit-il en laissant couler l'eau sur la peau blanche. Inclinez-vous, noble assemblée, devant Dame Garance, descendante de la lignée des Comtes de Faucogney !

Il la prit dans ses bras, et la ramena sur la berge où l'on s'empressa de la couvrir. Transie de froid, elle grelottait, mais n'en était pas moins une femme comblée.

Banquet fut donné en la grande maison de la lande. Jamais, depuis plus de cent cinquante ans, les murs ancestraux n'avaient résonné d'autant de joie. Garance trônait, à la place d'honneur, vêtue de sa robe d'apparat. Quand les invités furent partis, Sire Geoffroy l'emmena en sa chambre, dans la cheminée de laquelle flambaient de belles bûches.

— Ma douce, te voilà désormais une Dame et il va falloir songer à ton avenir. Non, laisse-moi parler. Tu es de chair et de sang, tu as besoin d'un homme qui sache te combler, point d'un revenant en quête de repos, même s'il t'aime à un point que tu n'imagines pas. Loin de moi l'idée de te donner à un fat ou un malappris. Celui qui aura l'insigne honneur de te prendre pour femme devra te mériter.

Garance pleurait doucement, entre ses bras. Ses mots lui faisaient mal, mais elle savait au fond d'elle-même qu'il avait raison. Leurs bouches se soudèrent en un baiser douloureux.

— Ma jolie sauvageonne, ne pleure pas, dit-il en essuyant du bout de son doigt glacé, une larme qui roulait sur la joue pâle. Tu as toute la vie devant toi, alors que je n'ai que la mort et le tourment à t'offrir. Et puis, je peux bien te le dire, mon âme est fatiguée. Tu m'as donné beaucoup plus que tu ne l'imagines. Je ne pensais plus pouvoir aimer, et tu m'as montré que ça m'était encore possible. De cela, je te suis redevable pour l'éternité. Hier, j'ai adressé au notaire de la ville un manuscrit. Celui-ci révèle à tous tes origines.

— Mais Messire, que dites-vous ? Vous m'avez rebaptisée, mais je ne suis qu'...

— Non Garance, tu n'es pas celle que tu crois. Il y a bien longtemps, une très jeune fille eut un enfant, né de ce que les dévots appellent le péché. Cet enfant de l'amour, elle fut obligée de le sacrifier, pour ne pas qu'il soit victime de la haine populaire. Elle l'abandonna près du saut du Brigandoux. Cet enfant Garance, c'était ton grand-père, et cette femme, c'était ma mère. Elle me confia son secret, alors qu'elle était à l'agonie, me faisant promettre de retrouver ce fils et de veiller sur lui. Mais la folie des hommes m'en a empêché. Aussi, il est justice qu'aujourd'hui tu retrouves le rang qui t'est dû. Maintenant, je vais te confier encore une chose. Je peux, pour un temps très court, me matérialiser en homme de chair et de sang. Je ne peux le faire qu'une seule fois, c'est pour cela que j'ai retardé ce moment le plus possible. Mais tu m'as tellement donné qu'il me semble juste aujourd'hui, de t'offrir cela, en gage de mon amour.

D'un coup, sous les doigts de Garance, la peau de Sire Geoffroy se réchauffa et elle sentit battre la veine de son poignet. Elle avait toujours su que l'amour pouvait faire des miracles, mais ne s'attendait pas à le voir de ses yeux. Il était là, homme de chaire et de sang, à ses côtés, lui ouvrant les bras.

Leurs bouches se dévorèrent, tant ils avaient faim l'un et l'autre de leurs peaux respectives. Fébrilement, il la déshabilla, caressant ses courbes avec passion.

— Mon amour, je vais te posséder enfin, comme un homme possède une femme. Je veux te faire hurler de plaisir, te voir demander grâce. Repaître ton corps du mien pour que tu en gardes le souvenir éternellement.

Toute la nuit, ils se prirent et se reprirent, conscients de l'urgence à profiter d'un temps qui filait inexorablement. Puis, aux premières heures de l'aube, Garance sentit de nouveau le froid à ses côtés. Geoffroy était toujours là, mais la magie avait cessé, son sang ne pulsait plus dans ses veines.

— Merci pour ces heures magnifiques mon Maître. Oui, vous êtes mon Maître... Maître de mes sens, de mes plaisirs, de mon savoir. Cette nuit, vous avez fait de moi une femme à part entière et cela restera gravé dans ma mémoire et dans ma chair. J'aimerais vous garder toujours à mes côtés, je préfère vivre avec votre esprit, que de vous perdre à jamais.

Dès le lendemain, tout le pays ne parlait plus que du mystérieux manuscrit reçu par le notaire. Ainsi donc, les manants qui vivaient dans le taudis du Brigandoux étaient issus de haute lignée... Plus d'un s'en étouffa de dépit ! Le « Jeannot », journalier miséreux, était donc un comte ! Mais il en fut un que cela n'amusa point. Il s'agissait du dernier descendant de la lignée qui avait hérité du titre par son oncle. Oh ! Point qu'il n'ait encore beaucoup de pouvoir, la Révolution était passée par-là... Mais le prestige et l'argent étaient importants aux yeux de cet homme pour qui, seul le paraître comptait.

Consciencieux, le notaire fit les recherches qui s'imposaient, afin d'authentifier l'acte reçu. Et quelle ne fut pas sa surprise lorsque, dans les archives, il retrouva les documents relatifs au procès de Sire Geoffroy. Les principaux accusateurs et juges de ce procès avaient tous des intérêts liés à ceux de la famille. Ainsi donc, on n'avait pas mis au bûcher un sorcier, mais un cousin gênant pour la succession. La comtesse étant décédée, rien n'avait pu les empêcher de mener leur sinistre projet à bien.

Autant dire que l'affaire fit grand bruit. Le cousin perdit immédiatement sa fortune et son titre, au profit du père de Garance. Ruiné, haï par les habitants, il mit fin à ses jours en se jetant du haut des roches du Brigandoux. La légende ne dit-elle pas d'ailleurs « qu'au saut du Brigandoux, la chèvre a pris le loup ! » Et ce loup-là n'était certes pas le moindre.

***

Garance quant à elle, vit son ventre s'arrondir de délicieuses promesses. Ce fut pour la Saint-Jean qu'elle mit au monde une ravissante petite fille, à la peau de pêche et aux cheveux blonds. Devinez comment l'enfant fut baptisée ? Vous ne trouvez pas ? Cherchez bien...

Quel prénom pouvait mieux lui aller que Clothilde voyons !

En donnant une fille à Geoffroy, elle lui offrit non seulement la descendance qui lui avait été interdite, mais aussi le cadeau le plus précieux... Le repos de l'âme.

Dès lors, la chapelle Saint-Martin redevint ce qu'elle avait été avant les années noires, un lieu de recueillement pour tous les habitants de la vallée. Et lorsque quelqu'un y aperçoit, planant dans les airs, une buse majestueuse, il se découvre respectueusement, pour saluer un esprit libre.

Du même auteur

Participations à des recueils collectifs

Folies de femmes — Éditions Blanche

Osez 20 histoires d'infidélité — Éditions de la Musardine

Transports de femmes — Éditions Blanche

Osez 20 histoires de domination/soumission — Éditions de la Musardine

Secrets de femmes — Éditions Blanche

Exclusivement numérique

À mon amante — Éditions Dominique Leroy

Lettres à un premier amant — Éditions Dominique Leroy

Un, deux, trois... Nous irons en croix — Éditions Dominique Leroy*Que la chair exulte !* — Éditions Dominique Leroy

Poupée de chair — Éditions Dominique Leroy

Les Noces de la Saint-Jean — Éditions HQN

Autoédition mixte

Mise au Poing

Les Nouvelles désirantes

Journal d'une tornade blanche non confinée

Une famille en noir & blanc

Qui veut la peau de Parsifal ?